U0533315

天喜文化

从声音到文字，分其人类世界观

生活温柔，万物皆浪漫

梁实秋 著

天地出版社 | TIANDI PRESS

出版说明

梁实秋先生是中国现当代散文家、学者、文学批评家、翻译家,是"新月派"创始人之一,长期以来在文学界、学术界都具有广泛的影响。他的散文创作一直享有盛誉,以小品文见长,具有鲜明的个性特色,将知识分子的清高和风趣体现得淋漓尽致。

本次出版的散文集,包括《生活温柔,万物皆浪漫》《偷得浮生半日闲》《我爱着这人间烟火》三册,涵盖了作者多篇较为知名的散文作品。由于早期白话文与现代白话文具有明显的差异,本系列收录的作品中,也有一些字词可能与现代语言文字标准存在出入。为尊重汉语言文字自身发展流变的规律,尊重作者语言习惯和写作风格,保持作品的原汁原味,编辑在编校过程中最大限度地保留了作品的原貌,并未按当下标准进行规范化处理,特此向读者说明。

同时,由于作者早期与左翼文化团体保持距离,1949年又移居台湾，其政治立场和观点也会一定程度地反映在作品中。编辑在编选本书时，也保留了作者表达个人思想和意见的内容，尽量呈现出一个真实、立体的梁实秋，使读者在欣赏文学作品的同时，对作者以及当时的社会文化背景也有一定程度的了解和认识。

目 录

第一部分 浪漫的与古典的

"与自然同化" 003
什么是"诗人的生活"？ 010
散文的艺术 014
诗的将来 021
文学的美 026
欣赏与了解 046
莎士比亚之谜 052

第二部分 浮生若梦，为欢几何

北平的街道 067
北平的零食小贩 071
"疲马恋旧秣，羁禽思故栖" 080
忆青岛 091
六朝如梦——记六十年前的南京 099

第二部分 生活温柔且浪漫

喝茶	109
饮酒	113
吸烟	118
饭前祈祷	124
群芳小记	128
黑猫公主	149
白猫王子五岁	154

第四部分 槐园梦忆，伉俪情深

槐园梦忆——悼念故妻程季淑女士　161

孤独是件
不好不坏的事

经常去阳台坐坐，带上你的狗和情人

第一部分

浪漫的与古典的

> 诗若能抓住这基本的人性——尤其是人的基本的情感——加以描写,则这诗将永远成为有价值的东西。

2020.11.30 小林漫画

"与自然同化"

在红尘万丈的纽约,有一天我和朋友谈天,谈到"与自然同化"的问题。在纽约城里谈"与自然同化",这的确有一点不伦不类。果然,在我们谈话的声音正在鼎沸的时候,有一位朋友冒冒失失的闯进我们的屋里来。在他未张口之先,我劈头先问他:

"你和自然同化过没有?"

他皱着眉头,说:"和谁同化?"

我说:"自然。"

他愣头愣脑的问:"自然?在什么地方?"

我们全笑了。其实我们不该笑。"自然?在什么地方?"这一问真有点不容易回答。最简单的答案,我想就是:凡是上帝创造出来的山、水、草、木、云、电、风、雨、禽、兽、鱼、虫，由顶大的如崇山峻岭，以至顶渺小的如海岸上的一颗砂粒，由顶素淡的如秋夜的天空，以至顶炫丽的如蝴蝶的翅膀，一切一切，如其未经过人的摆布，全叫做自然。我们住在热闹的市廛，所听见的所看见的所嗅到的几乎没有一件事物不是经过人的摆布。不错，城里面有公园，但是你进去看看：道旁的两排松树剃得像才从理发馆出来似的，没有一片树叶没有经过人手的摩挲。公园里面什么都有，就是没有自然。

如其我们真想见识见识自然，只有一个法子，出城去。不一定要到什么崇山峻岭茂林修竹的地方，才算自然，只要是听不见汽车的声就是。现在问题算是解决了，要见识自然，到城外去。但如何才能"与自然同化"仍然有点玄。

听说卢梭是"自然的宠儿"。一个人做到"自然的宠儿"的地步，他和自然同化大概不止一次。所以我们不妨请教卢梭。我们知道卢梭幼年从一个雕刻匠学徒的时候，喜欢一个人在黄昏的时候蹓出野外，领略乡间风光，时常流连忘返，被关在城外，第二天回到店里要挨师傅的一顿毒打。这样的打卢梭不知挨了多少次，最后一次卢梭又被关在城外，想想明天的打真是可怕，于是没敢回去，逃之夭夭了。

你想，卢梭拼着挨打还要到野外去散步，我们虽然不敢说他就是到野外"与自然同化"，这其间多少总有些跷蹊。

卢梭在他的《忏悔录》第四卷里说：

一块平旷的土地，一般人也许以为很美，但是从我的眼睛看来并不算美。我要的是狂流激湍，松柏丛林，高不可攀陡不可降的羊肠小径，左右是悬崖峭壁，看上去要令人心悸。当我到香伯利去的时候，走到离爱舍尔山路不远的地方，我就曾饱尝过这种快乐。那是从岩石中凿出来的一条路，从路上下望，就只见有一股小溪从一个可怕的石缝里奔迸出来，那个石缝大概是经过几十万年才冲成功的。路旁筑有栏杆，为的是防备危险。我凭着栏杆可以看见水峡的深处，觉得有点头晕目眩，乐不可支。说也奇怪，这种妙趣就在那头晕目眩里面，只消我是站在一个稳当的地方，我就最喜欢那种晕眩的感觉。我靠在栏杆上足有好几小时之久，不时的俯视喷沫的激湍，咆哮的水声震着我的耳鼓，同时听见许多乌鸦和凶禽在六百尺下之岩石短树中间飞来飞去的叫啸。

啊，原来这就是"与自然同化"。"头晕目眩"原来就是与自然同化的征候。至少这是卢梭式的与自然同化。这种专门喜欢险恶的风景的心理，是变态的，也是病的。其企求激刺的心理就与吸食鸦片吗啡者一样，一样的要求头晕目眩，一样的在头晕目眩中间寻得乐趣。

还有曾与自然同化,且比卢梭更为神秘者。提克(Tieck)有一段故事:

一七九二年七月里有一天,提克那时候只有十九岁,他住在Eisleben一个旅店里,店前有一个露天举行的赛会,吵闹异常,一夜不得安枕。天将破晓,他就离了旅店,走上他的道路。太阳还未全出来,像一个火球似的在天边探首。蓦地里,朝雾分开,一缕阳光,照直的穿射过来,射到提克站立的那个地方。提克陡吃一惊,并且觉得那闪烁的阳光照在他的身上,全部身心都被射穿,光明彻亮。好像是从他灵魂上揭下一层幕罩一般,内心的光明,充满了全体。天地为之焕发峥嵘。他面对着阳光,就好像上帝的自身在凝视着他。他自头至踵,战栗惶恐,自己向自己说:"这是上帝显圣。"他感觉到一种神圣的福祉,不可言说的心情。他的心里充满了神圣的爱,无穷极的感想。他再也不能抑制,泪如雨下。这真可以说是幸福的泪。提克老年时向他的朋友克泊开说:"这种奇异的经验,非笔墨所能形容。我以前以后的经验,没有一次能同这回相比。我认为这回是我有生以来与上帝会面之最确实的证据。我和上帝合而为一了,我感觉到他在我的胸口上。那真是上帝启示的圣地。旧约里的主教该要在这个地方建起一座牌坊。"(Wernaer作的《浪漫主义与德国浪漫派》第一七六页)

提克比卢梭神秘多了,提克可以把一缕阳光看做上帝的化身,使他浑身战栗,使他泪如雨下。但是上帝不能时常显圣,所以像提克那样的经验,恐怕除了幸运的人外,不能得到。上面举的两个人,究竟都是极端的例。现代人张口闭口都与自然同化,恐怕没有这样玄妙。我想,现代人所谓的与自然同化,不外乎两种意义:(一)与自然同化,所以逃避现实生活;(二)与自然同化,所以到忘我的境界。

诺瓦里斯(Navalis)说:"凡是在这个世界不快乐不如意的人,该走向自然,住在那较优世界的宫里。在自然里,他可以找到一个慈爱的心,一个朋友,故乡,上帝。"(集卷三第五页)这是明明白白的讲,与自然同化乃所以逃避现实生活。"逃避"根本的是个很丑的意思。不承认输败不自甘暴弃的人决不逃避。说到此地不能不提我们中国文人的一个特点。我们中国的诗人墨客,很多是少年读书,壮年为仕,老年退隐。文人生活与隐士生活,在我们中国文人之爱好自然,与西洋浪漫派之"与自然同化",又略有不同,不可以不辨。中国人之爱自然,究竟还是以人为本位。我们讲"吟风弄月",吟弄者固仍是人;

"侣鱼虾而友麋鹿"，仍是为人的侣友。在这一点，我们中国人的精神真有一点像希腊。中国人的爱自然，不是逃避现实生活，而是逃避社会，因为我们根本承认自然也是现实。我们不把自然看做神祇，我们只把自然当做供我们赏乐的东西。中国人之爱自然，不带宗教的气味，所以也很难说与自然"同化"。

王尔德曾说："在自然里吾人将觉得自己异常渺小，因而失掉一己之个性。"（见 *Decay of Lying*）王尔德最不喜欢自然，他以为自然与艺术是立于相反的地位。王尔德之厌恶自然，系由于他的"自我夸大狂"（megalomania），这是病态，吾人殊难赞同。但有些极端主张"与自然同化"的人，其心理亦不过另一种病态。那便是，浪漫的纵乐（romantic revelry）。所谓"浪漫的纵乐"者，即自我的消融，面对伟大自然的现象，心里生出一种惊恐玄妙的感觉，那时候"我"的观念像冰消雪释一般，全身心化为一道清光流去，完全入了忘我的境界，使自我变成自然的一部分，如梦如痴，是谓之"与自然同化"。其实这没有什么奇怪，这只是情感的放纵，主观的幻想。这是假宗教精神。真的宗教精神是有纪律的，是紧凑而团结的一种力量，不是散漫放荡的纵乐。你看，真正笃信宗教的人，他祷告的时候是在房里聚精会神的屏思净念，决不是游山逛水的到处邀游。

拜伦有名的一行诗句："I love not man the less but nature more."（"我不是对于人的爱情少，而是对于自然的爱情多。"）

拜伦很清楚的把人与自然分开，但是分开之后就有问题：究竟人与自然有什么样关系？我将把自然人性化呢，还是把人自然化？把自然人性化（to humanize nature）是古典主义者、人本主义者的主张；把人自然化（to naturalize man）是浪漫主义者、自然主义者的主张。由前者则人为宇宙中心，自然界之森罗万象供吾人之享用；由后者则人与自然合一，使人与一草一木同列于平等地位。是故"与自然同化"者，浪漫主义者、自然主义者不能不有一种之惯技也。

什么是"诗人的生活"?

"德国海德尔堡之尼迦河畔"的梁宗岱先生看了第一期《诗刊》之后以为"《诗刊》作者心灵生活太不丰富"。他在三月二十一日便写了一封长信给徐志摩先生申说他的意思,这封信发表在第二期《诗刊》上。

可是诗人的心灵生活怎样才算是丰富呢?"关于这层"梁宗岱先生引李克尔(Rikle)的《辞列格的札记》的一段话如下:

……一个人早年作的诗是这般乏意义!我们应该毕生期待和采集,如果可能,还要悠长的一生;然后,到晚年,或者可以写出十行好诗,因为诗并不像大众所想象,徒是情感(这是我们很早就有了的)而是经验,单要写一句诗我们得要观察过许多城许多人许多物，得要认识走兽，得要感到鸟儿怎样飞翔和知道小花清晨舒展的姿势。得要能够回忆许多远路和僻境，意外的邂逅，眼光光望着它接近的分离，神秘还未启明的童年，和容易生气的父母，孩子的病，如在一间静穆而紧闭的房里度过的日子，海滨的清晨和海的自身，和那与星斗齐飞的高声呼号夜间的旅行——而单是这些犹未足，还要享过许多夜夜不同的狂欢，听过妇人产时的呻吟，和堕地便瞑目的婴儿轻微的哭声，还要曾经坐在临终的人的床头，和死者的身边，在那打开的，外面的声音一阵阵拥进来的房里，可是单有记忆犹未足，还要能够忘记它们，当它们太拥挤的时候；还要有很大的忍耐性去期待它们回来。因为回忆本身还不是这个，必要等到它们变成我们的血液，眼色和姿势了，等到它们没有了名字而且不能别于我们自己了，那么，然后可以希望在极难得的顷刻，在它们当中伸出一句诗的头一个字来。

梁宗岱先生翻译完了这一段文章紧接着说：

因此，我以为中国今日的诗人，如果要有重大的贡献，一方面自要注重艺术的修养，一方面还要热热烈烈地生活，到民间去，到自然去，到爱人的怀里去，到你自己的灵魂里去，或者，如果你自己觉得有三头六臂，七手八脚，那么，就一齐去，随你的便？

作诗好难！"单要写一句诗"就要有那么多的经验，"伸出一句诗的头一个字来"又要有那么多的经验！其实要说诗人的生活应该丰富，这也是一句老生常谈，没有什么新鲜，用不着"五六年来几乎无日不和欧洲的大诗人和思想家过活"的梁宗岱先生再向徐志摩先生唠叨。若一定要说这老生常谈，也可以，但不可说得太玄。

所谓"丰富的生活"，其内容是不便列举的，要看个人随时随地的机缘而定。没有"许多夜夜不同的狂欢"的人不见得做不好诗；"听过妇人产时的呻吟"的人，不见得作起诗来就比别人好。一个人的生活之丰富与否，还要看个人的性情和天赋而定。足迹遍世界的人，也许是无异于行尸走肉，也许是只浅尝了些皮毛；毕生不出乡村的边界的人，也许对人生有深切的认识。所以要有丰富的生活，并不一定要"到民间去，到自然去，到爱人的怀里去……"，只要随时随地肯用心观察用心体贴就是了。李克尔那一套话未免夸大玄虚，耸人听闻。

并且生活之丰富与否，也是不能勉强的。是诗人，他的生活自然的会丰富，种田也好，做官也好，当兵也好，经商也好，住在城里也行，住在乡下也行，他是无往而不有丰富的生活；不是诗人，他的生活自然的不会那样的丰富，天天早晨起来到海滨，天天夜晚做不同的狂欢，天天听产妇呻吟，天天听婴儿啼哭，到头来他还是浅薄无聊。

为了要做十行好诗才去找爱人天天狂欢，才到树林里去看鸟飞，才上山去找野兽，才去听产妇呻吟婴儿啼哭，——其结果恐怕是劳而无功，恐怕只能变成一个浪人，虽然经验不少，那十行好诗还是写不出来。

诗人的生活应该是平常人的生活，不必矫情立异。

诗人的事业没有什么神秘，说什么"灵魂"、"永恒"，都是弄玄虚，捣鬼！

散文的艺术

有人说:"新文学运动以来,成功者仅有小说与散文,新诗尚在试验时期,戏曲成功尤小。"据我说小说与散文,也还说不上成功。

白话文本来不始于文学运动,如红楼水浒之类早已用很流利的白话文了。所以新文学运动所标榜的白话文,并不如新诗新剧之"新",亦无新诗新剧之问题复杂。我们天天所说的话都是散文,忠实的写出来,不加过分的雕饰,就是白话文了。所以散文显着容易成功。其实口里说的白话,和笔下写的散文,究竟是两件事。会说话的人不能就成为一个散文家。散文也有散文的艺术。

一切的文字都是一种翻译。把我们脑筋里的思想情绪译成语言文字。古人云:言为心声。其实文亦是心声。头脑笨的人,说出话来是蠢，写成散文也是拙劣；富于情感的人，说话固然深挚，写成散文也必定动人；思路清晰的人，说话自然有条不紊，写出散文也是澄清澈底。散文没有一定的格式，是最自由的，同时也最难做到好处，因为一个人的人格思想，在散文里绝无隐饰的可能，提起笔来便能把作者的整个的性格纤微毕现的表现出来。在韵文里，格式是有一定的，韵法也是有准则的，无论你有无浓厚的诗意，只消按照规律填凑起来，平平仄仄的敷配上去，读起来便声调铿锵，至少在外表上可以遮丑。散文便不然。有一个人便有一种散文。卡赖尔翻译莱辛的作品的时候说："每人有他的自己的文调，就如同有他自己的鼻子一般。"

文调的美纯粹是作者的性格的流露，所以有一种难以形容的妙处。批评家哈立孙说："试读服尔德①、狄孚②、绥夫特③、高尔斯密，你便可以明白，文字可以做到这样奥妙绝伦的地步，而你并不一定能找出动人的妙处究竟是哪一种特质。你若是要拣出这一个辞句好，那一个辞句妙，这个字或那个字的声音好听，使你觉得那是雄辩的、抒情的、图画的，那么美妙便立刻消失了……"所以我们品评散文的艺术，只能凭综合的感觉，

---

① 后来译为伏尔泰。——编者注
② 后来译为笛福。——编者注
③ 后来译为斯威夫特。——编者注

而不能用分析的方法。

新文学运动以来，比较能写优美的散文的，我以为首先应推胡适、徐志摩、周作人、鲁迅、郭沫若五人。这五人各有各的好处。胡适不是文学家，但他的散文有一个最基本的优点，——清楚。"清楚"二字，不是容易做得到的，思想先要清楚，然后笔下没有一点纤尘，这才能写出纯净无疵的散文。胡适的散文长于说理，即是因为清楚的缘故。有许多的人，书读得不少，写起文章来，拖泥带水，令人摸不着头脑。所以清楚是一种难得的优点，并且是基本的优点，做不到清楚二字，休想能写优美的散文。徐志摩的散文的优点是亲切。他的文字不拘泥不矜持，写得细腻委婉，趣味盎然！周作人的散文，冲澹闲逸，初看好像平凡，细看便觉得隽永，这真是岂明老人特备的风格，意境既高，而文笔又雅练。鲁迅的散文是恶辣，著名的"刀笔"，用于讽刺是很深刻有味的，他的六七本杂感是他的最大的收获。郭沫若的文章气魄最大，如长江大河，可说是才气纵横。我觉得这五个人可以说是现代散文的代表。

文学最怕模仿，尤其在散文方面模仿是无益的。譬如"幽默"，这是文字中难得的一种质料。有人天生的"幽默"，他对于人生的观察的方法角度和平常人不同，他于特殊的事物看出普通的意义，普通的事物看出特殊的意义，所以说出话来写出文来，都与众不同，好像特别深刻新颖一些。譬如徐志摩鲁迅都是"幽默"的，虽然是不同的"幽默"；胡适郭沫若便没有多少的"幽默"。这是个人性格不同的原故。有，固然算是可取的一点；没有，也不算缺点。但若勉强模仿，便觉无谓，没有徐志摩的活泼温和的性格，而要学徐志摩的亲切动人的文章，想想看，那是多么令人作呕！没有鲁迅的老辣锋利的性格，而要写鲁迅的讽刺深刻的文章，想想看，那又是多么令人作呕！新文学运动的意义之一，即是要反对模仿，模仿徐志摩鲁迅，怎见得就胜于模仿韩柳欧曾呢？散文若要写得好，一定要写得真，所谓"真"，那是对于自己的心中的意念的真实。存心模仿便减杀了自己的个性，没有个性的文章永远不是好文章。

散文的美固重个性，但散文的艺术亦有较为普遍的原则。

佛老贝尔①是散文的大家，他选择字句的时候是何等的用心！他认定只有一个名词能够代表他心中的一件事物，只有一个形容词能够描写他心中的一种特色，只有一个动词能表示他心中的一件动作。在万千的辞字之中要去寻求那一个——只有那一个——合适的字，绝无一字的敷衍将就。他的一篇文字是经过这样的苦痛的步骤写成的，所以才能有纯洁无疵的作品。平常人的语言文字只求其能达意，其实只有艺术的散文才是真正的能达意，因为艺术的散文是一丝不苟的要对于作者心中的

---

① 后来译为福楼拜。——编者注

意念真实。佛老贝尔特别注重文句的推敲，也不过是要把自己心中的意念确切的表示出来罢了。至于字的声音、句的长短，也是应加相当的注意。仄声的字容易表示悲苦的情绪，响亮的声音容易显出欢乐的神情，长的句子表示温和弛缓，短的句子表示强硬急迫的态度，在修辞学的范围以内，诸如此类可注意的地方甚多。

散文的美妙多端，然最高的理想也不过是"简单"一义而已。简单者，即是经过选择删削以后之完美的状态。普通一般的散文，在艺术上的毛病，大概全是与这个简单的理想相反的现象。散文的毛病最常犯的无过于下面几种：太多枝节，太繁冗，太生硬，太粗陋。枝节多了，文章的线索便不清楚，使读者难得一纯之印象；太繁冗，则令人生厌，且琐碎处致力太过，反使主要之点不能充分直达于读者；太生硬，则干枯无趣；太粗陋，则启人反感。散文艺术中之最根本原则，即是"割爱"。一句有趣的俏皮话，若与题旨无关，便要割爱；一段题外的枝节，与全文论旨不生关系，也便要割爱；一个美丽的典故，一个漂亮的字眼，凡与原意不甚洽合者，都要割爱。散文的美，不在乎你能写出多少旁征博引的穿插铺叙，亦不在辞句的典丽，而在能把心中的情思干干净净直截了当的表现出来。散文之美，美在适当。

有人觉得中国文不够做传达意思的工具，尤其是懂得一种或一种以上的外国文的人们，他们觉得中国文没有外国文好，或觉得有些地方中国文不如外国文。文字——包括文法句法语法等等——是活的，它是应需要而生、随需要而变的。中国文一向是不断的慢慢的在变。没有一种文字能说是尽善尽美的。所以若说中国文需要改良，是没人能否认的，若说中国文特别有缺点，那倒不尽然。

如今懂得外国文的人，因为读外国文太久了的原故，常常不知不觉的变成了外国头脑，思想时是往往用外国语的方式来思想，提起笔来便感觉中文有不合用的地方。用中文表示外国思想，自然不合适，因为中文原不是为表示外国思想的工具，现在中国头脑之逐渐变成外国式，是一个不可抗的潮流，在这种事实之下中国文是无疑的要经过一番改革，但语言的改革，是要受习惯的支配的，不能用革命的手段一蹴而成。所以散文作家之懂外国文者正不妨试用一些外国的句法语法辞法，渐渐的使中国文变成更充实更合用。"欧化"白话文是不能免的一件事，但如何欧化，如何欧化得好，这是要长时间的试验才得成功的。中国文不能废除，但能改良。如徐志摩周作人的散文里，欧化的例子已经是不少的了，并且是相当的成功。有些人以欧化的句法掩饰其文字的不通，那便不足道了。

江上数峰青

戊戌之秋 常俊

诗的将来

一切艺术的起源，都和宗教仪式有密切关系。诗也是如此。诗，无论在西洋或东洋，在最初阶段是极富宗教性的。所有男女相悦的情诗，描写风景的诗，以神话为中心的剧诗，以英雄为题材的史诗，以及涵有哲理的格言诗，这都是后起的东西。但是文明一天比一天进展，科学一天比一天发达，宗教在人类生活中的重要性便一天比一天的低降。宗教原是全体人群的实际生活中不可缺少的一部分，竟逐渐变成一种生活上的装饰品，变成一种特殊的心理上的需要，变成一般无知的人的迷信行为，变成少数人的职业。在此种情形之下，无疑的诗便和宗教渐渐脱离起来。

人类在有相当的文明之后，诗便与宗教脱离，但形式上虽能完全脱离，在精神上脱离的过程是很慢的。诗固然早已不是宗教仪式的一部，然而宗教的观念却常常在一般诗人的心里涌现出来。在原始的社会，诗不是单人的创造，是人群中之自然产物；在文明的社会，诗人便成为人群中之特殊人物。宗教在人群中的重要性虽日趋低落，而少数诗人却常常能保存一些原始人的宗教精神。最好的一个例，英国的华次渥兹①，他一方面歌咏人生，一方面便在歌咏自然界的时候流露出泛神的思想，山谷河流都好像是有神灵寄在其间。这便可以说是宗教思想的遗留。勃雷克②的有名的四行：

    在一粒砂里看出世界，

    在一朵野花里看见天堂。

    在你手掌里握到无限，

    在一小时里涵着永恒。

这不仅是疯话，这其中似乎颇有一点禅意了。丁尼生的一首小诗：

    墙隙里的花，

    我把你从隙里拉出，

    我擎着你，连根和一切，在我手里，

---

① 后来译为华兹华斯。——编者注
② 后来译为布莱克。——编者注

> 小花——但是假如我能理解，
> 你是什么，连根和一切，一切，一切，
> 我便知道上帝和人是什么了。

这首小诗涵着一点宗教观念，并且除了这一点宗教观念以外这首诗便没有一点好处，因为这首诗的音节字句都极不讲究。可是这一点宗教观念竟使这一首诗成为很流行的一篇文字了。因为这一点宗教观念根本很浅显，所以一般人能理解。但由此可见宗教精神在诗中的遗留是一向不曾绝迹的了。不过到现代，稍微有点生物学的知识的人便要觉得这首诗未免可笑。植物学家一定要说，小花朵为什么和上帝一样神秘呢？近代科学已破除了不少的迷信，亦无疑的破毁了许多宗教思想，换言之，亦摧残了不少诗的奥妙处。这是无可奈何的。文明是一定要如此进展的，科学知识是不可扼止的。愈文明，愈重理智。诗这样东西，原是野蛮的遗留，虽已发展成为高级艺术，而今后将不断受科学影响，其中不合科学的成分亦将无疑的被科学所摧毁。在这唯物倾向的历史进展中，诗的前途不是很黯淡的么？

诗的起源和舞蹈音乐是又有密切关系的。舞蹈，不消说，已是绝传的艺术。音乐呢，它有独立的发展，和诗已无多大关系。我们就历史的趋势而论，诗与音乐是愈来愈疏远的。诗，注重的是内容，其音乐的成分已不重要。并且，老实说，诗既不谱入歌曲，其中所含音乐成分本很有限的。所谓平仄，所谓疾徐，所谓高低，所谓音韵，变化固然多端，然而这亦只是文字在可能范围内加以美化而已。文字究竟是文字，不能变成乐谱上的符号。一首诗无论怎样音调铿锵，它不能成为音乐。诗以文字为工具，为工具所限，诗里所能含有的音乐成分便亦有限。诗是以文字来传达思想情感的。可是，紧跟着来的问题，是诗既是以文字来传达思想情感，而音乐在诗中又不是怎样重要的成分，那么，诗的存在价值安在，为什么要于散文之外还另要诗这东西？这问题是很有意义的。事实上，散文剧、小说之类的起来便已夺去许多的诗的地位，无韵诗、自由诗、散文诗之勃兴又破坏了诗的本身的特点。如此讲来，诗的前途不又是很黯淡的么？

黯淡自是黯淡，然而前途仍是有的。

今后诗里的宗教精神，无疑的是将要排脱净尽的，现代人的人生观宇宙观，不但异于希腊，亦大异于浪漫时代。与现代知识刺谬的材料，用在诗里，可以得少数人的观赏，但难得多数人的爱护。所以今后的诗的惟一出路，便是抛弃了诗的宗教色彩，而探取一种积极的人本主义的态度。今后诗的任务不是用来表现神秘的感觉，而是用来描写人的情感思想的。其实诗一向有一大部分是在这条人本主义的路上的。我现在不过是指出这条路是正确的，其他的如什么象征主义、神秘主义、未来主义的等等，那全是出奇立异的勾当，其结果是自寻坟墓。诗要恢复它原有的在实际人生中的重要。诗原不是人生的点缀。现代生活与原始野蛮时代不同，我们也要把诗的内容重新决定一下，让它与现代生活相适应。与生活适应不是难事，难在深入生活，难在了解生活。文学的今后任务，该集中在人性的描写。将来的世界无论怎样改变，人性是大约不至于怎样重大改变的。观于几千年来人性之无多大变化，我们便可依此推论到将来。诗若能抓住这基本的人性——尤其是人的基本的情感——加以描写，则这诗将永远成为有价值的东西。人的情感，如喜怒哀乐之乐，与马克思主义没有什么关系，与爱因斯坦的相对论亦没有什么关系，所以有些文学的题材，是可以长久有效的。荷马之诗，虽然歌颂神祇英雄，似与现代精神不合，然其神祇英雄固不悖于人性，故两千年后犹有读者，如仅为荒诞不经的故事，则其价值早已减少矣。

至于诗与散文的问题，我以为并不严重。诗的形式当然可以改动的，因为我们注意的是内容。如内容确有诗意，用散文写亦无妨。不过诗的节奏较散文的节奏为宜于抒情，故诗的体裁亦有其特殊之用途，论辩说理则仍以散文为宜。

从诗的内容与形式来论，诗的前途纵然黯淡，然尚不至令人绝望。阿诺德说"诗的前途是无限量的"。他这句话大概不错。

文学的美

一

自亚里士多德以至于今日，文学批评的发展的痕迹与哲学如出一辙，其运动之趋向与时代之划分几乎完全吻合。当然，在最古的时候，批评家就是哲学家，后来虽渐有分工之势，而其密切之关联不曾破坏。但是我们要注意，文学批评与哲学只是有关联，二者不能合而为一。即以文学批评对哲学的关联而论，其对伦理学较对艺术学尤为重要。艺术学是哲学的一部分，其对象是"美"。艺术学史即是"美"的哲学史。……一个艺术学家要分析"快乐"的内容，区别"快乐"的种类，但在文学批评家看来最重要的问题乃是"文学应该不应该以快乐为最终目的"。这"应该"两个字，是艺术学所不过问，而是伦理学的中心问题。假如我们以"生活的批评"为文学的定义，那么文学批评实在是生活的批评的批评，而伦理学亦即人生的哲学。所以说，文学批评与哲学之关系，以对伦理学为最密切。

这是我十年前发表的一段话（见《浪漫的与古典的》第一二八至一二九页），现在看来虽嫌简略笼统，但大致却说明了我对文学的态度。我的态度是道德的。我不但反对"唯美主义"，反对"为艺术而艺术"的主张，我甚至感觉到所谓"艺术学"或"美学"（aesthetics）在一个文学批评家的修养上不是重要的。

美学是哲学的一部门，它起来得很晚，现在还没有达到十分成熟的阶段，因为派别纷歧所以内容很庞杂，因为唯心主义的色彩太浓所以结论往往是很抽象空虚（与实验心理学相结合而起的一派实验美学，亦尚在试验期间，没有什么重大正确的发现）。但是一般人总以为文学是艺术的一种，而美学正是探讨一般艺术原理的学问。所以美学的原理应该可以应用在文学上面。这是一个绝大的误解。所谓"文学是艺术的一种"，这原是很古老的说法，从柏拉图、亚里士多德到莱辛，有不少的批评家根据不同的原则给艺术划分为若干型类，给文学也留一个相当的位置。文学与图画、音乐、雕刻、建筑等等不能说没有关系，亦不能说没有类似之点，但是我们也要注意到各个型类间的异点，我们要知道美学的原则往往可以应用到图画音乐，偏偏不能应用到文学上去。即使能应用到文学上去，所讨论到的也只是文学上最不重要的一部分——美。看一幅成功的山水画，几棵枯树，一抹远山，我们只能说"气韵生动"、"章法严肃"一类的赞美话，总而言之曰"美"。看一部成功的小说、戏剧或诗，我们就不能拿"文笔犀利"、"词藻丰赡"这一类的话来塞责，我们不能只说"美"，我们还得说"好"。因此我提出两个问题：（一）假如我们退一步承认美学的原则可以应用到文学上去，那么我们要问——文学的美究竟是什么？或者我们用较正确的术语来问，从文学里我们能得到什么样的"美感的经验"？（二）文学给了我们以"美感的经验"，是否就算是尽了他的能事？换言之，美在文学里占什么样的地位？

二

美是什么？是主观的还是客观的？是物的一种属性呢，还是欣赏者心里的一种经验呢？我们现在不须详细的剖析这个形而上学的永远纠缠不清的难题，我们根据常识判断就知道美是主观的并且也是客观的。若说完全是客观的，则莎士比亚的一出《李尔王》，何以雪莱认为是世界上最伟大的悲剧而托尔斯泰却斥为第二流以下的作品？若说完全是主观的，则天下应无根本不美之物，无论其为"自然"或"创造"，然而何以"自然"或"创造"中却尽有公认为不美的在？大概所谓美，必是一件事物在客观上须具备美的条件，而欣赏者在主观上亦须具备审美的修养（如由遗传得来的敏感、由教育得来的知识、由环境得来的习惯，都与审美的修养有关）。有修养的人，遇见一个美的条件具备的物，"美感的经验"便可以发生。欣赏者须具备审美的修养，这是不成问题的，至少不是我们现在所要讨论的；我们现在要问的乃是一件作品——尤其是文学作品——具备了什么条件才可称为美，换言之，什么是文学的美的条件？

近代美学家克鲁契①（Croce）在一篇演讲里解说他所认为的艺术不是什么，他首先指陈艺术不是"物质的事实"（physical fact）。克鲁契是继承康德、希勒、黑格尔、尼采一班唯心主义者的哲学家，他认为艺术是直觉，美当然也不能在物质的媒介物（如颜色声音文字之类）里面去寻求。这种学说是极度的浪漫，在逻辑上当然能自圆其说，然而和其他唯心哲学的部门一

---

① 后来译为克罗齐。——编者注

般不免是搬弄一套名词，架空立说，不切实际。我们要讲文学的美，我们只能从"文字"上去找具体的例证。因为离开了文字，便没有文学。文字不是文学，文字是文学的形体，离开了形体文学便不能存在。中国画所谓"意在笔先"，所谓"胸有成竹"，那意思只是说在未动笔之前先有了一个大概的整个的轮廓，或是雏形，非枝枝节节的临时补缀敷饰所能为功；我们不可解释作为在未落笔之先艺术作品便已在心里完成，所谓"腹稿"亦不过是历史上文思敏捷的一段美谈，并不是说一部文学作品在腹内都已起了稿子。中国的绝句、日本的俳句或者尚可在心里构成，篇幅稍长则"腹稿"即为不可能。作者在某期间灵机一动抓到一个"意象"或"概念"，这只能成为一篇作品的胚胎，如何使它发扬滋长，如何把它铺叙成篇，这在在都需要艺术手段的安排。"不著一字，尽得风流"，天下决没有这样的事。不要说文学作品的创作需要构思、布局、润饰等等的步骤，就是说欣赏也不是一刹那间就能把握到作品的意义，稍微分量重些的严肃的作品，其篇幅总是相当长的，读完一遍就需要相当的时间。把艺术看成一刹那间的稍纵即逝的一种心理活动，这只是一种浪漫的玄谈而已。我相信文学的本质不一定是"物质的事实"，但欲成为文学作品，则必须是经过文字的媒介而获得一个固定的形体，那就是"物质的事实"了。我们讨论什么是文学的美，只能从文字上着眼。

文字是一种符号，其本身无所谓美与不美（中国的书法是一种特殊的艺术，是诗意与图案混合起来的东西，确有其特殊的美妙，此地且不谈）。文字这种符号，经过适当的选择与编排，便能产生意义，在读者心中可以发生几种不同的作用，至少有这几种：

（一）文字是有声音的。音在先，形在后。所以文字首先是音的符号。我们在读文学作品的时候，我们首先感觉到它的音节，例如字音的清浊、尖圆、平仄、疾徐、宽窄，在我们的听觉上都有其个别的刺激。就作品的整个而论，其腔调节奏之抑扬顿挫，其韵脚、头音、双声、叠韵之重复和谐，亦均能给读者以一种听觉上的快感。凡此种种可称之为文学里的音乐美。

（二）文字不仅是声音的符号，它还能在读者心里唤起一幅图画。王摩诘"画中有诗，诗中有画"，就是极言其一方面画里充满了诗的想象，一方面诗里充满了图画（尤其是山水风景）的描写。中国诗里图画的成分极多，所谓"写景"，所谓"状物"，都由文字来画图。西洋诗中所谓word painting，所谓imagist school，都是向这方面的畸形发展。但是我们不否认图画成分在文学里的位置，亦不否认凭文字在心里唤起的图画也自有它的美。"玉露凋伤枫树林，巫山巫峡气萧森。江间波浪兼天涌，塞上风云接地阴"，这是杜甫《秋兴八首》的第一首，确实画出了满纸秋景，很衰飒，很悲壮，也很谐和。"红豆啄余鹦鹉粒，碧梧凄老凤凰枝"，引出多少无聊的注释，其实也不过是堆砌文字画出一幅绚烂的图画，就像印象派的画家用"碎点法"（broken colour）来拼凑出一个印象。总之，这叫做文学里的图画美。

（三）文字能使读者感受到音乐的美、图画的美，这能算尽了文字的能事吗？不。文字这种符号还有更伟大更严肃的效用，若经过适当的选择与编排，它能记载下作者的一段情感使读者起情感的共鸣，它能记载下人生的一段经验使读者加深对于人生的认识，它能记载下社会的一段现象使读者思索那里面含蕴着的问题，总之文学借着文字能发挥它道德的任务，但是这与美无关。

文学作品的美当然是很复杂的，譬如：小说的结构往往有建筑性的美；戏剧的布局也有其穿插错综之妙；甚至辞赋律诗八股其间排比对偶之处也颇有匠心，也颇能给人以相当的快感；外国文学中一时曾大量使用的"双关语"（pun）有时候也有其情趣；以至于一词一语，或则含蓄，或则旖旎，或则典雅，或则雄浑，或则隽逸，仪态万方，各有其致。文字是各个都有历史的，异于数学的符号，它能唤起各种各样的"联想"。但是归纳起来，我们若要在文学里寻美，大致讲来，不出图画美与音乐美两个方式。

三

我们且先谈谈音乐的美。

文学里的音乐美是很有限度的，因为文字根本的不是一个完美的表现音乐美的工具。艺术中的各部门，各有各的任务，其间可以沟通，但不容混淆。可是"型类的混淆"（confusion of genres）正是近代艺术的一种不健全的趋势。培特（Peter）说一切艺术到了精妙的境界都逼近音乐，这句话被许多人称道引用。诗是大家公认为文学中最富音乐性的，我们且看看诗里能有多少音乐。

诗本来是和音乐有密切关系的。"诗三百篇孔子皆弦歌之"，汉时古诗歌谣称为乐府。自唐以后诗一方面随着音乐变迁而为词曲，一方面就宣告独立而与音乐分离。西洋文学也是有同样的经过，所谓"抒情诗"（lyric）本是有lyre伴着歌唱的，"史诗"（epic）、"浪漫故事"（romance）也是由"行吟诗人"口头传播的，戏剧的诗也是含有大量的歌舞的，直到近代（自印刷术发明之后）诗才与音乐几乎完全分开。所以大致讲来，诗最初是"歌唱"的，随后是"吟诵"的，到现代差不多快成为"阅读"的了。当然"阅"诗是"阅"不出其中的音乐，至少我们须要"读",甚至须要"朗诵"或"低吟"。低吟朗诵的结果,在音乐方面我们所能领略到的恐怕仍然只是一些粗线的平仄之类的把戏罢?希腊、拉丁诗讲究长短音,英文诗讲究轻重音,同是一些粗线的节奏的美。至于韵脚,那更是一种野蛮的遗留,稍微有点音乐训练的人都知道韵(rhyme)不是音乐的要素。

Birkhoff写过一部《美的衡量》(*Aesthetic Measure*,哈佛大学一九三三版),第八章是《诗里的音乐的成分》,他是用实验美学的方法来量衡"美"的,似乎是很科学的,比起我们中国"诗话"式的批评似乎来得精细些。他说欲估量诗里的音乐的成分,须用下列的公式:

$$m = \frac{o}{c} = \frac{aa+2r+2m-2ae-2ce}{c}$$

所谓m就是诗里的音乐的成分,要寻求m,第一须先确定c,c者即是所有各行的母音(vowels)、子音(consonants)的数目的总和,外加每行两字间(word-junctures)因前后俱系子音之故以致不易联读的处所之数目(譬如前一字以m终,后一字以d起,此m与d之间就算做添了一个音)。第二须确定o所包括的各项:aa即双声(alliteration)与半谐音(assonance)之总数;r即韵(rhyme),2r者因韵必有对之故;2m即有音乐性之主音(如长音之a、u、o)数目之总和的两倍;ae即过渡的双声与半谐音之数目，ce 即过渡的子音之数目，此两项为负性的缺点故应减去。下面是一个具体的例：

$$\overset{..}{\text{In}} \ \overset{.}{\text{X}} \text{a} \overset{..}{\text{n}} \text{a} \text{d} \overset{.}{\text{n}} \text{d} \text{i} \text{d} \ \overset{..}{\text{K}} \text{u} \text{b} \overset{.}{\text{l}} \text{a} \ \overset{..}{\text{K}} \text{h} \overset{.}{\text{a}} \text{n} \quad \frac{22}{21}$$
1 2 3 4 5 6 7 8 9 10 11 12 13 14 15 16 17 18　19　20 21

$$\overset{.}{\text{A}} \text{s} \overset{.}{\text{t}} \text{a} \overset{.}{\text{t}} \text{e} \overset{.}{\text{l}} \text{y} \ \overset{.}{\text{p}} \text{l} \text{e} \text{a} \overset{.}{\text{s}} \text{u} \text{r} \text{e} - \overset{.}{\text{d}} \text{o} \text{m} \text{e} \overset{.}{\text{d}} \text{e} \overset{.}{\text{c}} \text{r} \text{e} \text{e}: \quad \frac{15}{22}$$
1 2 3 4 5　6 7　8 9 10　11 12 13　　14 15 16 17 18 19 20 21 22

$$\overset{.}{\text{w}} \text{h} \text{e} \text{r} \text{e} \overset{.}{\text{A}} \text{l} \text{f}, \text{t} \text{h} \text{e} \overset{.}{\text{s}} \text{a} \overset{.}{\text{c}} \text{r} \text{e} \text{d} \overset{.}{\text{r}} \text{i} \overset{.}{\text{v}} \text{e} \text{r}, \overset{..}{\text{r}} \text{a} \text{n} \quad \frac{12}{22}$$
1 2 3　4 5 6　7　8 9 10 11 12 13 14 15 16 17 18 19　20 21 22

$$\overset{.}{\text{T}} \text{h} \text{r} \text{o} \text{u} \text{g} \text{h} \overset{.}{\text{h}} \text{e} \overset{.}{\text{a}} \text{v} \text{e} \text{r} \overset{.}{\text{n}} \text{s} \ \ \overset{.}{\text{m}} \text{e} \text{a} \overset{.}{\text{s}} \text{u} \overset{.}{\text{r}} \text{e} \overset{.}{\text{l}} \text{e} \text{s} \text{s} \overset{..}{\text{t}} \text{o} \overset{.}{\text{m}} \text{a} \overset{.}{\text{n}} \quad \frac{24}{25}$$
1　2　3　　4 5 6 7 8 9 10 11 12　13 14 15　16　17 18 19 20 21 22 23 24 25

$$\overset{.}{\text{D}} \text{o} \text{w} \text{n} \ \ \overset{.}{\text{t}} \text{o} \overset{.}{\text{a}} \overset{.}{\text{s}} \text{u} \text{n} \overset{..}{\text{l}} \text{e} \text{s} \text{s} \overset{.}{\text{s}} \text{e} \text{a} \quad \frac{14}{15}$$
1 2　3 4 5 6 7 8　9 10 11 12 13　14 15

$$m = \frac{87}{105} = .83$$

这首诗是 Coleridge 的《忽必列汗》的第一节，在英国诗中这是最著名富于音乐美的几行，上面估量的结果算是打了八十三分。这种估量法，作者当初决没有考虑到，现在的读者也决没有采纳的可能，因为艺术原不能这样拆开来计算，它给人的印象原是整个的浑然不可支解的。这估量法是否合理，我们现在不管，我现在指出一点：《忽必列汗》是大家公认的最富音乐美的诗，并且也是浪漫派诗中杰作，但是我们若用同样的估量方法去应用到一些毫无价值的 nursery rimes，我们便可发现我们也可以给打上很高的分数。并且，我们根据上述的方式，我们可以很容易的制造出几行诗，其音乐成分尚可比《忽必列汗》更高。Bliss Perry教授曾举出过一个很奇特的例：有一部教科书 *The Parallelogram of Forces* 里面有一句话若是用诗的格式写出来是这样：

> And hence no force, however great,
> Can draw a cord, however fine,
> Into a horizontal line
> which shall be absolutely straight.

若放在英国诗人丁尼生的悼亡友诗 *In Memoriam* 里，在音乐这一点上，是并无愧色的。诗里的音乐美，不分析还好，与诗的内容相配和着的时候似乎还有其价值，若单独的提出来分析，其本相是非常简陋的。沈休文创八病之说，如平头上尾蜂腰鹤膝云云，好像是于声律一道辨析毫厘，其实作诗、读诗、评诗的人奉此为准绳则适见其鄙。

把诗里的音乐成分看得太重要，是有弊的，因为对于诗的意义（sense）这往往是一种牺牲。至少在修辞上文法上容易成为一种牺牲。为了拼凑音节，莎士比亚也写过这样的句子："I'gin to be aweary of the sun"（*Macbeth*, V.5），该短的他写得长了，该长的他写得短了。他的《仲夏夜梦》里面有许多浅薄无聊的歌辞，配上曼德宋的音乐才不显得太寒伧。音乐美其实是给诗遮丑的。单调铿锵可以遮盖空虚的内容。不过像史文朋①（Swinburne）的诗，其音乐美虽然很丰富，还是遮不住他的内容的过度贫乏。多少晦涩的诗都假借音乐的名义而存在着！曾涤生说："凡作诗最宜讲究声调，须熟读古人佳篇，先之以高声朗诵，以昌其气，继之以密咏恬吟，以玩其味。"姚惜抱说："大抵学古文者，必须放声疾读，又缓读，只久之自悟。"这种话在中国是被人奉为金科玉律的。要知道中国诗之贫弱，与"久矣夫千百年非一日矣……"一类的八股文正是由于太重声韵而产生出来的恶果。其实欣赏音乐的美，为什么不直截了当的去听交响乐？

美国的诗人Lanier在一八八〇年写过一本很重要的书 *The Science of English Verse*。他是主张诗与音乐可以拿来对比的，他说诗若朗诵起来，可以使耳朵感到纯粹的声音而与其联想的概念无涉。他说："造成音乐的声音关系，与造成诗的声音关系，是一样的。音乐与诗的主要分别，若以科学的准确来说，乃是音乐中所用的'音阶'（Scale of tones）与人的声音所用的'音阶'的区别。"这是一句重要的话。"音阶"的广狭繁

---

① 又译为斯温伯恩。——编者注

简，使得诗与音乐发生程度上的绝大差异，假如不是种类的差异。固然有人以为音乐根本是从人的声音演变出来的。斯宾塞（Spencer：*Origin and Function of Music*，一八五七）就主张音乐起源于文字。《文心雕龙》论"声律"曰："夫音律所始，本于人声者也。声含宫商，肇自血气，先王因之以制乐歌。故知器写人声，声非学器者也。故言语者，文章神明，枢机吐纳，律吕唇吻而已。"音乐之始若何，姑不具论，但音乐已发展成为精妙之艺术，而文学自另有其任务，文学中之音乐的成分绝不能与正式音乐相提并论。

四

文学里的图画美也是有限度的。

中国画最讲究"意境"。谢赫六法首曰："气韵生动"，黄钺《二十四画品》亦首列"气韵"。其实"气韵"即是"意境"之抽象的说法。意境高妙的画，必是"意在笔先"，画者胸中先有丘壑，并不拘于形迹，然后有笔有墨，以写其意。所谓士大夫的画，无不如此。中国诗原来也最讲究"意境"。司空图《二十四诗品》所列"雄浑"、"纤秾"等等也无非是抽象的"意境"。"意境"可以抽象，但是我们要说明、描写、表现一种"意境"时便不能不借重于具体的工具。所以"荒荒油云,寥寥长风"便是"雄浑"的写照,"碧桃满树,风日水滨"便是"纤秾"的写照了。诗里的意境是要借着一幅图画来表达的。

但是艺术的"意境"是要用眼睛来看的,离开了视觉便无所谓"意境"。文字所构成的"意境"虽然是不可目睹,只在想象里存在,然而也是在心里构成一幅可目睹的印象。而文学根本是一种"时间的艺术",用文字来表现"空间的艺术"的美,那是如何的勉强?意境是稍纵即逝的,若想用文字把它固定下来,只能用极少数的文字。所以讲意境者,只能称引短诗或摘句了。《沧浪诗话》有这样一段:

> 汉魏古诗,气象混沌,难以句摘。晋以还方有佳句,如渊明"采菊东篱下,悠然见南山",谢灵运"池塘生春草,园柳变鸣禽"之类。

中国诗里的"佳句"是多得很,但"摘句"是不是一个好的办法呢?摘下一个佳句,我们可以说这句里有一个"意境"或一幅图画,但是"佳句"是否即是全首诗的精华所在呢?是否即是诗人命意之所在呢?谁都知道"摘句"不是妥当的办法,但是为了要举出诗中的"意境"的例证,往往不得不"摘句"。

"意境"只能用几个字勾画出来,像日本芭蕉的俳句:

古池呀——青蛙跳进去的水声!

寥寥十余字,画出一个完美的意境,长了便不行。所以遇见长些的诗,只好摘取其中合用的一二句。摘句原无不可,不过摘句的人应该明白,他只是割取作品中的一小块,并且还要注意这一小块是否是作品中最重要的部分。

一首诗整个的目的若是在表现一个"意境",这首诗一定是很短的。篇幅稍微长些的作品,如其里面有一段故事,则故事是动的,是逐渐开展的,便不能仅仅表现一个静止的意境;如其里面含着一段情感的描写,则情感须附丽于动作,亦自有其开展的程序,亦便不能仅仅表现一个静止的意境。譬如说,莎士比亚伟大的悲剧《哈姆雷特》、《马克白》①、《李尔王》,我们可以说里面含有人性的描写、情感的表现,甚至说含有哲理,但无论如何谈不到里面主要的是什么美,谈不到什么意境。顶多我们只可以摘句,说某某佳句有好的意境;若就整个的来讲,其意义当别有所在。一串一串的佳句,一串一串的意境,凑起来不能成为一部好作品,文学另有其他的更重要更严肃的

---

① 后来译为《麦克白》。——编者注

内容。所谓"佳句",所谓"意境",在伟大作品里永远是点缀而已。

讲到内容,文学和图画就不同。在图画里,题材可以不拘,一山一水一树一石,无不可以入画,只要懂得参差虚实,自然涉笔成趣。文学则不然,文学不能不讲题材的选择,不一定要选美的,一定要选有意义的,一定要与人生有关系的。"采菊东篱下,悠然见南山",还可以画得出来一个老者、一道竹篱、一丛野菊、一抹远山,配搭起来也可以写出闲适幽雅之态。这实际上已不仅是图画美,因为闲适幽雅已经不仅是一种形象的美,而是多少牵涉到道德思想了。但是要画《浮士德》,要画《失乐园》,要画《神曲》,那就更不好办了,除非用连环木刻的办法,或画成若干幅册页。画出来的《失乐园》、《浮士德》、《神曲》其意义能和用文字写的作品相比拟么?可知文学图画各有藩篱,其理虽然可能,究竟性质不同、工具不同、内容不同,不能混淆。可惜这种混淆,从古时起到现今不曾完全澄清,莱辛的 *Laokoon* 还不够打破这种雾氛。Plutarch 就说:"诗是能言的图画,画是静默的诗。"近代的象征主义者、克鲁契派的美学者、唯心主义的心理学者,也还陷在这混淆的泥淖里而不能自拔!

五

那么美究竟在文学里有什么样的地位呢？我承认文学里面有美，因为有美所以文学才能算是一种艺术，才能与别种艺术息息相通，但是美在文学里面只占一个次要的地位，因为文学虽是艺术，而不纯粹是艺术，文学和音乐图画是不同的。我这样说，并非是主观的以为文学应如此或不应如此便更进一步以为文学是如此或不是如此；我们试把一般公认为伟大或成功的古今中外若干文学作品摆在目前，客观的看一看，里面有几许是仅仅以给人美感为目的，有几许是除了以给人美感之外还以给人更严肃更崇高的感动（理智的与情感的）为目的，我们再归纳起来便可知道美在文学里的地位是不重要的了。

文学里面两项重要的成分，是思想与情感。文学的题材，严格的讲，是人的活动（man in action），其处置题材的方法是具体的描写，不是抽象的分析，所以文学异于社会科学；是想象的安排，不是个别的记载，所以文学异于历史。文学作者必先对于人事有所感或有所见，然后他才要发而为文，所以文学家不能没有人生观，不能没有思想的体系。因此文学作品不能与道德无关，除非那文学先与人事无关。与人事无关的文学作品，事实上是有的，西洋近代的所谓"纯粹诗"（pure poetry）就是向着这方向发展的，至于"为艺术而艺术"的主张以为艺术与人事的关系应该割断自更不待言。象征主义者实际上也是把人事排出于艺术范围之外。但这只是一种堕落的趋向，只能在一些"小诗"或"佳句"里寻求例证罢了。从"美学"的出发点来看文学，也同样的容易忽略文学的道德性。

美在文学里的地位是这样的：他随时能给人一点"美感"，给人一点满足，但并不能令读者至此而止；因为这一点满足是很有限的，远不如音乐与图画，这一点点的美感只能提起读者的兴趣去做更深刻更严肃的追求。例如李后主的词、王渔洋的《秋柳》，单赏玩其中的辞句的绮丽、声调的跌宕，那是不够的，因为明明的里面有亡国之恨，不容你不去领会。例如杜工部的《秋兴》，单赏玩其中的"典丽"是不够的，因为明明的里面有一个抑郁不得志的人的牢骚，不容你不去领会。那亡国恨写得美，那牢骚写得美，我承认，但是读者读了之后决不会说一声"美呀！美呀！"就算完事，最足以打动读者的心的不是那美，是那作为题材的亡国恨和牢骚。欣赏音乐图画，可以用"无所为而为"的态度，可以采用适当的"距离"，若是读文学作品而亦同样的停留在美感经验的阶段，不去探讨其道德的意义，虽然像是很"雅"，其实是"探龙颔而遗骊珠"！

所以罗斯金（Ruskin）说得好，他说在欣赏艺术时有两种经验：一个叫做aesthesis，就是美感，即吾人对于愉快之本能的感受；一个叫做theoria，就是对艺术之崇高的虔敬的认识。罗斯金是能欣赏美的人，但他不以美感经验为满足。我们不必同情于他的宗教的情绪，至少他的道德的趋向是健全的，可惜他的门徒如培特、王尔德等辈只承袭了他对于艺术的爱好而没有接受他的学说之道德的严肃。托尔斯泰的艺术学说排斥历来美学的错误而主张"艺术是一个人于经历某一种情感之后有意的把那情感传达给人之一种活动"，是有见地的。我们不必同情于他的宗教的热狂，但他攻击美学之贫困及时下文艺之颓废，是合理的。

文学与人生既有这样密切的关系，批评文学的人就不能专门躲在美学的象牙之塔里，就需要自己先尽量认识人生，然后才能有资格批评文学。批评文学不仅是说音节如何美意境如何妙，是还要判断作者的意识是否正确，态度是否健全，描写是否真切。所以一个好的批评家不仅要充分了解作者的艺术，还要充分了解作者的思想体系与情感的质地。批评家而忽略美学与心理学诚然是很大的缺憾，但是若忽略了理解人生所必需的最低限度的理论学、政治学、社会学、经济学以及历史的智识，那当是更大的缺憾！

我并不同情于"教训主义"。"教训主义"与"唯美主义"都是极端，一个是太不理会人生与艺术的关系，一个是太着重于道德的实效。文学是美的，但不仅仅是美；文学是道德的，但不注重宣传道德。凡是伟大的文学必是美的，而同时也必是道德的。所以文学与音乐图画有同有异，适用于音乐图画的原则不尽适用于文学。

"起初上帝创造天地。地是空虚混沌，渊面黑暗，上帝的灵运行在水面上。上帝说，要有光，就有了光。上帝看光是好的，就要光暗分开了。……"（《创世纪》）有人曾指陈：上帝看光是好的，没有看光是美的，海、陆、植物、虫、鱼、鸟、兽陆续被创造出来，上帝也看是好的，没有看是美的。虽是神话，可深长思。

二十五年十二月九日，北平

欣赏与了解

许久以前台中市公园大门的雕刻品被拆除了，引起不少人的注意。起因是，省府周主席巡视到该处，看见那形体奇特的雕刻物而感到困惑，顾问左右，左右亦瞠目而不能答。随后该项雕刻物即以被拆除闻。是谁拆的，是谁主张拆的，是根据什么理由拆的，我尚不知悉。台中公园我并未到过，那雕刻品究竟奇特到什么地步，我也不知道。后来在报纸上看到了一幅照片，虽然模糊不清，大体上尚可窥见其轮廓，我觉得这雕刻品颇为清新可喜，我对它有好感。

这雕刻品究竟是模仿什么东西的形体，是人体还是什么物体，我说不出来，我的困惑正不下于周主席所感到的。这雕刻品究竟具有什么意义，好在哪里，我也不能强作解人。但是为什么我好像还能欣赏它呢？这引起了我的思索。我是一个守旧的人,我无法摆脱过去所受的教育对于我的影响,对于一切事物的衡量难免不有成见。所以凡是新的事物,我怀疑,我只是观察,而不敢遽下论断。摩登派的艺术作品,包括文艺作品在内,我都觉得很陌生,不容易一下子就接受。不过这一类的作品,看多了、看久了,我们也能渐渐的欣赏。

艺术作品在社会上不能孤立,必须与背景配合。台中公园,大体上是东方庭园式的,一切安排点缀自然以具有东方色彩者为宜。就照片看,那被拆除的雕刻品,无论其本身是如何的优秀,放在那个环境里就觉得不大调和。这种极端摩登的艺术作品乃是西方高度工业化后的产物,亦可说是西方传统艺术发展到烂熟阶段以后的一种新的尝试。例如,最近美国的一些教堂建筑,图案翻新,可以说是无奇不有,打破了多年来传统的式样,我们若看看图片似乎也感觉颇有趣味,但若把这样的教堂建在我们的城市里,那就非常的不调和了。我们中国的艺术,自有我们的一套传统,大家不知不觉受此一传统的浸润熏陶,养成一种特有的品味。要接受西方的艺术,须要先接受西方的比较传统的艺术。二十世纪极端摩登的艺术品一旦投在我们的中间,自然是格格不入。台中公园的雕刻品如果是因此一理由而拆除,我觉得尚不失为一理由。不过我建议,如果这雕刻品的原来模型在保存中,似可把它放进一个保存艺术品的机构里供人观赏,因为我觉得它本身是有价值的。

我联想到另一问题：一件艺术品，我们若不能了解，是否亦可加以欣赏呢？

一般的讲，欣赏是基于了解的，不能了解的东西是无法欣赏的。我一向认为，艺术品的意义最为重要。基于此种观点，我对于艺术中之最纯粹的音乐，比较最缺乏欣赏的能力。音乐的境界极为高尚，但是比较的最为不易把捉。音乐家的作品，虽然有时也有颇富意义的标题，但我无法认识那标题与其作品的关联，倒是索兴用数目字作记号的作品如"第五交响乐"、"第六交响乐"等等来得爽快。我没有资格批评音乐，但是我自己明白我不能怎样深入的欣赏音乐。在文学方面亦然，象征派的诗以及现代的一些作家的诗，我都感觉到艰涩难通。我读诗，都是从文字的了解着手，弄清楚其意义之所在，然后才欣赏其意境、结构、声调、音韵、词藻之美。我不能了解的作品，我只好把它摒诸我的欣赏范围之外。曾读过狄·昆西[①]（De Quincey）的著名的《论〈马克白〉里的敲门》一文，他说人的理智（intellect）最不可靠，他推崇的是"感觉"。我总觉得这是一个浪漫主义的批评家的说辞，尽管美丽，却难令人置信。因此，我对于从美学的观点来观察文艺的那一派的理论，无法接受。在大体上我一向是被拘囿在理智的范畴之内。浪漫派的

---

① 后来译为德·昆西。——编者注

作品我能欣赏，因为那里面的想象与情感无论是多么离奇古怪，那表现的方法还是相当平正简单的，使用的工具还是大家都能懂的文字，其奥妙的所在还是通过正常的文字的。惟有到了浪漫主义的末流，十九世纪末那一段期间弥漫欧洲的各种新奇作风，我便不能了解，于是也就无法欣赏。有许多朋友们绝口称赞的鲍德莱尔[①]、蓝波[②]、里尔克、梵乐希[③]等等的作品，我虽不敢说那是邪魔外道，至少我是无缘亲近。

不过我近年来的态度有一点改变了。天下事有许多是我们所不能了解的，有许多事靠了理智恐怕永久也不能了解。使我发生这种看法的契机乃是对佛书的偶然浏览。禅宗教外别传，不立文字，但是禅宗毕竟还是留下不少的文字，不有文字如何接引，难道真个要我们去学菩提达摩之九年面壁？可是我读到《碧岩集》、《无门关》以及禅宗语录之类，所谓"公案"，所谓"机锋"，茫然不知所云。经人指点，才知道这一类书的要义乃是在于打断普通的逻辑的思路。所谓"棒喝"，也是欲借猛烈刺激以斩断你的庸俗的想法，正似近代医学上的"震荡治疗法"（shock therapy）。所谓"言下领悟"，并不是领悟了

---

① 后来译为波德莱尔。——编者注
② 后来译为兰波。——编者注
③ 后来译为瓦雷里。——编者注

什么艰深的理论，乃是把平常的那一套理智的烦琐的思想方法一脚踢开，用直觉的方法直截了当的走向明心见性的境界。禅宗书里面，有的是希奇古怪的对话，驴头不对马嘴，上气不接下气，我起初一点也不能欣赏，可是经人指点之后，一遍一遍的看，渐渐的觉得里面有点趣味，似乎是能稍稍的欣赏了。

因此我联想到艺术品，如果要加以欣赏，可能透过理智的了解，也可能不透过理智的了解，亦可能一部分透过理智的了解而另一部分不透过理智的了解。谢赫六法，首标"气韵生动"，这似乎就不是言语所能形容的境界。犹之禅定，究竟是怎样的一种境界，实不可说，说即不中。苏东坡诗："论画以形似，见与儿童邻。作诗必此诗，定知非诗人。"诗画同一道理，以神韵为主，而神韵就是很难捉摸的。司空表圣论诗云："梅止于酸，盐正于咸，饮食不可无酸咸，而其美常在酸咸之外。"此味外之味即是神韵，诗的妙处往往就是这样不可言说的。我并不是说艺术品一定要流于隐秘晦涩之一途，相反的，好的艺术品往往都是平易近人的。平易近人的作品正无妨其为深刻伟大。不过，艺术品的格调原不必统一划齐，其中可以有各种各样的格调。我们如果不把欣赏局囿于理智的了解以内，则我们欣赏的范围便可以放宽了。

话说回头，台中公园的那雕刻品，代表的是什么，我不知道，有人说是象征女人的肢体，我看也不大像，反正我们无需推敲，雕刻本来也无需一定求其"形似"。不能了解的东西，有时候依然可以欣赏，此即一例也。

莎士比亚之谜

莎士比亚一生的事迹，我们所知道的太少了。若是把他的一生之可靠的事实聚拢起来，顶多不过写满一页半。就是把一些可疑的传说附会都加进去，也写不满三页。像这样一个伟大作家，而我们所知如是之少，宁非怪事？

如我们所确知，莎士比亚没有受过多少教育，没有进过大学，在文字方面只有"一点点拉丁和更少的希腊文"的知识，何以他能写出那样裔丽丰赡的作品呢？若说他的知识是来自翻译的作品，则我们明明知道在那时有许多重要作品尚无英文译本，他如何能够那样方便的运用自如呢？有许多法律名词及其他的专门术语，他又何以能那样的熟谙以至使用起来像是很内行的呢？

我们又知道，莎士比亚从未出国门一步，他的剧本一部分是以意大利为背景的,而他对于山川形势、城市路途,几乎是了如指掌、毫无舛误,一若曾经身历其境者然。《暴风雨》一剧,普罗斯帕罗从米兰乘舟出发,又使人从凡龙拿到米兰循水路旅行,——曾有人认为这是莎士比亚的无知,但是近人研究结果证明了莎士比亚是正确的,当时的交通情形不同,由凡龙拿到米兰是先走一段河路,米兰是有一个运河网可以使人从那里登舟启程!

莎士比亚写了那样多的作品,一部分且在一五九〇年即已写成,当时作家辈出,何以竟没有人提到他呢?只有一个人提到了他,那就是格林(Green),格林提起了所谓的shake-scene,一般认为必是指莎士比亚而言。但是这证据也并不太确凿,有人以为这是一个普通剧院术语,义为"轰动舞台的一景"。

由此看来,莎士比亚其人,真是一个谜了。

这是谜,是无可否认的。如何猜这个谜,便成为一个问题。普通一般人承认其为谜,而并不费心去猜他。莎士比亚的作品俱在,已足够我们研究欣赏,何必枉费心机去检讨一个无法解决的问题?更有人索性武断一下,凡天才皆多少是谜,猜不透,否则即不成为天才了。有些学者则不然,有些人砭砭砭砭的在故事堆里翻拣,像沙里淘金般的寻觅有关莎士比亚的证据,如美国的瓦雷斯教授(Wallace)便是这半世纪中之收获最富者。更有些人在做反面文章,想找证据来说明莎士比亚实根本并无其人，所谓莎士比亚者乃另一人之化名。走这一条路线的人很多，自十八世纪起一直延续到二十世纪初之所谓的"培根学说"的拥护者们便是其中声势颇为煊赫的一派。"培根学说"已成过去，现在的学者们都不再加以重视。但是喜欢猜谜的人还是有的。我们不愿轻信任何学说，不过我们愿保持一个虚心的态度，对任何解谜的尝试都愿敞开讨论的大门。

一个月前朱良箴先生从东京剪寄一篇文章给我，是从十一月份的 Esquire 杂志取下来的，文章的标题是 The Murder of the Man Who Was William Shakespeare，作者是 Robert L. Heilbroner，其内容是介绍 Calvin Hoffman 之解谜的学说。我读过之后很感兴趣，虽然尚不能接受他的学说。现在介绍霍夫曼及其学说如下。

霍夫曼早年受好莱坞的诱惑，妄想当一个演员，摒挡行装勉强西行到了那电影业的中心，时年才十有五岁。不久他的理想幻灭了，他的兴趣移转到了写戏方面，于是遄返纽约，入哥伦比亚大学，研习英文及古典文学。在写作上觉得灵感枯涩的时候他拾起了一本玛娄①（Marlowe）的戏剧集来读，这偶然的事件使得他开始了一个为期十八年之久的摸索研究。他在图书馆里的蛛网尘封的书架中间日夜摸索，他跑到丹麦去做漫无头绪

---

① 后来译为马洛。——编者注

的冥搜幽讨，他又跑到英国一些堡垒废墟上用地雷勘测器去寻寻觅觅，他到处遭遇到冷眼与讪笑。栖栖皇皇的企求寻觅的是什么呢？他只是想寻求一点客观的证据，来证明他自一九三六年起即已在心中萌长的一点猜疑。

他的猜疑是从读《玛娄戏剧集》时开始的。他发现了玛娄与莎士比亚在词藻方面有许多类似的地方，他随看随记，把类似处集在一起，不久便成巨帙，他的猜疑变成了信仰。他确信：莎士比亚的戏剧不是莎士比亚写的，是玛娄写的，莎士比亚是一个化名，是玛娄的化名，莎士比亚即是玛娄。这个说法确是大胆惊人的。如果属实，则英国文学史之最光荣的一章需要重写。我们现在感兴味的倒不在这大胆的学说，而是在他如何得到这结论的过程。

霍夫曼的论证分两部分。一部分是文字的比较研究，一部分是传记的比较研究。后一部分较为有趣。

玛娄是较莎士比亚稍早的作者中之最伟大的一个，他的"雄浑的诗句"（mighty lines）是人所熟知的。他的身世和莎士比亚也有一点仿佛，他出身低微，他的父亲是个鞋匠。他也是出生在一个小城镇，而且也是生在一五六四年，只比莎士比亚早出生两个月。

一五八七年玛娄刚要取得硕士学位的时候，这时节发生了一件奇事，剑桥大学当局曾一度拒绝授予学位。这原因究竟何在，直到一九二五年才被发现。原来玛娄在大学的那七年间，一直充当伊利沙白女王的秘密间谍或特务人员，隶属于当时特务首领华兴安（Sir Francis Walsingham）部下。他曾奉派到法国的Rheims去和一批涉嫌拥立苏格兰的玛丽为王的信奉天主教的英国人发生关系。当时做此种工作的不仅玛娄一人，著名的华莱和培根都是参加过特务的。玛娄之未能及时取得学位，是由于在校缺席过久，而且有私通天主教徒之嫌。所以一生波折，英国枢密院便出面干涉了，"女王陛下以为凡是为国效劳之人，不可因其任务性质为不知情的人所误解，遂蒙受诬蔑……"玛娄立刻取得学位，那是不待言的了。

玛娄深入了特务系统，在离校之后，成了特务首领华兴安的族弟托玛斯·华兴安的密友，同时偶展开了他的戏剧创作的生涯。有一次他的一个朋友杀人，他也牵涉在内，被拘十三天，终由他的密友以"自卫"的名义将他保释，幸免于罪。不久还有更严重的事情发生。一五九三年著名的剧作家Thomas Kyd以涉嫌鼓吹"无神论"被捕，六天之后玛娄也以宗教罪嫌下狱，华兴安又出面保释，条件是每日向当局报到一次，至开审之日为止。情形非常严重，因为所控的宗教罪嫌如有一项属实，即须被处死刑——焚死。在审判过程中，酷刑将是不可避免的，监禁也是意料中事。这是一五九三年二月十八日的事，到了三月三十日，玛娄以在酒店里被人杀死闻！

玛娄死得太奇怪。我们先看看他是怎样被杀死的。

一五九三年三月三十日，离伦敦数里之遥的一个小城，叫做Deptford，有一位Eleanor Bull太太开设了一爿小饭店。在上午十点钟的时候，有四个人到了这饭店，其中一个便是玛娄，另外三个也是特务系统中人，名字是Frizer、Poley、Marlin。四个人，据验尸官的报告说，在一起吃饭，吃过饭之后在庭院中散步，直到午后六时又回到室内吃晚饭，一直都很安静。晚饭后玛娄在他们的房间里躺下来，另外三个人则傍桌而坐，背对着床上的玛娄，中间是弗利则，波莱与马林在两旁。忽然争吵了起来，玛娄与弗利则对骂，因为对于付账的分摊未能同意。玛娄盛怒之下，抓到了悬在弗利则腰间的一把短刀，向弗利则刺去，划伤了他的头。弗利则为自卫起见扼住了他的手，就用那把短刀刺伤了玛娄的右眼上端，伤口两寸深一寸宽，登时死去。

皇家检查官William Danby奉命前去验尸，证明死者确系玛娄，把自首的杀人犯弗利则拘捕下狱。六月一日，玛娄的遗体下葬，地点不明，坟墓亦无标识。

玛娄就是这样不明不白的死去的。可是那杀人犯弗利则呢？他于犯罪后一个月竟邀得伊利沙白女皇的特赦！特赦的理由是犯罪出于正当自卫。而且于特赦之后一日，弗利则从狱中出来，立刻又受雇在托玛斯·华兴安部下服务。不久，波莱也又被任用了。弗利则后来又犯了罪，而华兴安仍然继续雇用他。可见弗利则与华兴安的关系并非寻常。

玛娄是不是真的被杀害了呢？是不是杀了他以灭口，以免受刑时吐露秘密呢？甚至怕他牵涉到华兴安呢？当然这是有可能的。然而可疑的是，他们四个人整整一天在一起干的是什么事呢？世故甚深的玛娄会和可疑的三个人厮混一整天么？

还有一点可疑的，霍夫曼告诉我们，那便是在玛娄死后若干年玛娄的朋友们并没有人知道玛娄是被杀了。在伦敦大家都哀悼他的死亡，认为他是因疫疾而死。没有一个人谈论他的奇异的死。

霍夫曼的解释是这样的，玛娄面对着刑拷与死罪，不得不逃避，于是于获得华兴安的默许之后，又得到三个属僚的协助，然后再拉到一个可怜的替死鬼乘昏暗之际走进那饭店的房间，糊里糊涂的将他弄死，作为是李代桃僵。那验尸的检查官一定是受了华兴安的贿赂，不要深究，而弗利则便利用正当防卫而轻易得到开脱。玛娄之死根本是捏造的骗局，死尸埋在令人无从寻觅的地点，活的玛娄则赶快的逃往国外。

玛娄算是被杀了。这骗局一经开始，他便无法再以真实姓名出现于世。他在国外，也可能不久之后又回到华兴安的广袤千亩的堡垒,埋头写作,写作要有个署名,那署名便是"威廉·莎士比亚"了。威廉·莎士比亚是一个当时著名演员的姓名。

莎士比亚的第一部作品是《维纳斯与阿东尼斯》,于玛娄死前六星期登记于书业公会,无作者姓名,此书于玛娄死后四个月出版,仍然是没有署名,未得骚赞伯顿公爵的许可而即贡献给他,只是献辞上署了"威廉·莎士比亚"的姓名。我们要注意:骚赞伯顿公爵根本并不认识莎士比亚。原稿是玛娄的,是华兴安派人抄录一遍然后呈献给他的。华兴安的遗嘱里有一项是遗赠一位"抄写人",这是很少有的情形。据班·章孙告诉我们,莎士比亚的原稿非常洁净,"他从不涂抹一行",这是任何作家都可以证明其为不可能的,如果可能,那便根本不是原本而是抄本。在一五九八年的 *Love's Labour's Lost* 一剧以前,莎士比亚的作品之标题页上从无莎士比亚的署名,这不是很奇怪的事么?我们还不要忘记,莎士比亚死后的第一版对折本全集里,三十六个戏,其中有十八个还是初次付印呢?为什么呢?

莎士比亚的《十四行诗集》一向是最令人感到困惑的。其中有自传的成分,那是不容疑的。但是他的十四行诗在一五九九年即已传诵一时,那时节莎士比亚正在一帆风顺名利双收的时候,为什么集里充满了罪恶、欺骗、流亡、绝望呢?

这个问题，在霍夫曼手里，似乎又有了一个交代，这正是玛娄诈死之后的内心生活的写照啊！这部诗集的献辞本身也是一个谜，尤其是那W.H.不知究何所指。霍夫曼的解释是，华兴安的名字常常写做Walsing-Ham，所以W.H.正是指此人而言。

霍夫曼在内证方面找出了不少材料，他认为足以说明莎士比亚在他的作品里有意无意的吐露出一些端倪。但是最有趣的是霍夫曼还有一位有力的同道知己，那便是一位Dr.T.C. Mendenhall。他在一九〇一年十二月份《通俗科学月刊》上发表了一篇文章，他的学说是凡散文或诗的作家用字之长短都各有不同。他择取许多作家的文字中之连贯的一千个字，平均每个字的字母数目全不相同。有一位热心的培根论者请求他根据这个原则测验培根与莎士比亚的作品，发现二者作风迥异，而无意中却发现玛娄与莎士比亚则完全相同。

霍夫曼花了十八年的功夫企图解这个莎士比亚之谜，和许多专家商讨，但是仍不能得到人的相信。有一位学者告诉他："你就是把莎士比亚亲笔的坦白书给我看，也没有用。我还是不信。"他好几次想放弃这计划，他祈祷能寻到一件足以驳倒他的学说的事实，他知道他需要的是切实的外证。最后的一个疯狂的搜求外证的企图，终于结束了他的漫长的研讨工作。

霍夫曼和他的妻决定到英国搜寻Scadbury Manor的园地，因为这座大厦是托玛斯·华兴安的居处，玛娄即是被窝藏在这地方。华兴安的遗嘱里提到了一只铁箱,他们便用测雷器去寻觅。测雷器表现了好几次令人兴奋的迹象,可是他们没有经费去从事挖掘。在这时候他也到了丹麦的哀而新诺堡垒去挖掘,无结果。

一九五三年夏,剑桥大学Corpus Christi学院翻修校舍,有一个学生在一堆垃圾里捡到了一块带绘画的木板,竟是一个人面像,像是一个忧郁浪漫的年青人,左上角写着拉丁文的"年二十一,一五八五年",下面有两行拉丁文诗:"Quod me nutrit, me destruit."("That which nourishes me, destroys me.")这像是谁的呢?一五八五年时玛娄是在剑桥大学,那一年他正是二十一岁。而且那两行诗,莎士比亚的*Pericles*也引用过,只是稍换了一点样子:"Quod me alit, me extinguit."("That which lights me, extingishes me.")第七十三首十四行诗又有类似的一行:"Consumed with that which it was nourished by."我们把这张像和众所周知的莎士比亚第一版对折本全集所用的刻像对比一下,二人的面貌酷似!关于这两张像的相似,霍夫曼不敢自信,他不但请教了专家学者,还请教了警察之辨认面貌的专家,都异口同声说两个像的面貌绝对相似。相异之处只是一个二十一岁另一个五十岁之不能不有的年龄上差异。

文学史上最大遗憾是莎士比亚作品原稿竟不知下落。据霍夫曼推测,那些原稿一六二三年全集付印之前一定是由某一个人藏着。如果那个人即是托玛斯·华兴安，他把那些原稿弄到哪里去了呢？烧了呢？还是放在一个箱子里埋起了呢？霍夫曼疑心那些原稿是做了华兴安的殉葬品，和华兴安一起埋掉了。华兴安是埋葬在Scadbury Chapel里，如何打开那个坟墓成了霍夫曼漫长研讨的最后重要一着。

一九五三年夏，霍夫曼去访英国的Rochester主教，解释他的学说与愿望。十五年前西敏斯特寺曾允许掘开斯宾塞的坟墓，那也是基于同样理由的，所以主教允许了，但是附带条件为必需获得当地牧师的同意。牧师为Canon Lumm，他严肃的听取霍夫曼的陈述毕，问道："霍夫曼先生，你有什么文件的证明，证明那些原稿确在坟墓里吗？"霍夫曼回答道："你有什么文件的证明，证明上帝存在吗？"牧师沉吟了一下，他说必须要有教堂会议的批准，他才能允许。霍夫曼遍访会议的分子，分头说明原委，他们签字了。牧师说："他们固然是签字了，但是他们明知我是有最后否决权的呀。"他果然否决了。霍夫曼的研讨就此终止。

以上是介绍霍夫曼及其解谜的学说。我略述感想如下：（一）莎士比亚是一个谜，但是文献不足，这个谜是不容易打开的。凡是谜，只好猜，而猜谜是多少有一点靠不住的事。证据不足，则谜仍是谜，一切学说皆是猜想。（二）霍夫曼的解谜，稍有异于以前的培根派等，因为他是在"大胆的假设，小心的求证"，不过我们不能不说他的证据尚不充分。（三）疑玛娄即是莎士比亚者，并不自霍夫曼始，远在一八九八年即有W.G. Zeigler发表过一篇文章 *It Was Mas Marlowe*，虽然只是猜疑，霍夫曼的态度是严谨的。（四）如果玛娄使用演员莎士比亚的姓名，这其间必须要有一番交涉。而且演员莎士比亚被人扮演成戏剧作家，能不被当时剧团中人所注意，甚而至于拆穿吗？编全集的两个人，都是莎士比亚的同一剧团的人物，如何能不发生疑问呢？（五）就玛娄与莎士比亚作品言，作风是大有不同的，虽然字句间有偶然雷同处，似尚不足以论断其即为一个人。（六）我们希望那华兴安的坟墓能有一天获准掘开，到那时候自然真相或可以大白于世。截至目前，我们对于霍夫曼的努力只有钦佩，虽然尚不能心安理得的接受他的学说。

禪是一枝花

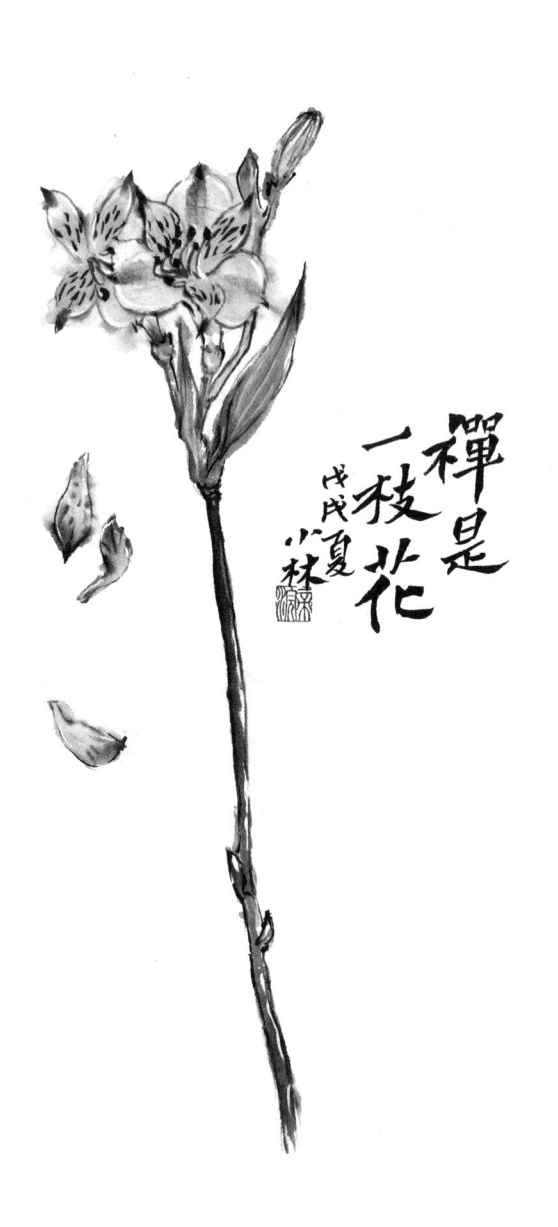

戊戌夏小林

第二部分

浮生若梦,为欢几何

六十年前之南京,其风景人物,已经如梦,至若怀想六朝时代之金陵,真是梦中之梦了。

醉后不知天在水
满船清梦压星河

北平的街道

"无风三尺土,有雨一街泥",这是北平街道的写照。也有人说,下雨时像大墨盒,刮风时像大香炉,亦形容尽致。像这样的地方,还值得去想念么?不知道为什么,我时常忆起北平街道的景象。

北平苦旱,街道又修得不够好,大风一起,迎面而来,又黑又黄的尘土兜头洒下,顺着脖梗子往下灌,牙缝里会积存沙土,喀吱喀吱的响,有时候还夹杂着小碎石子,打在脸上挺痛,迷眼睛更是常事,这滋味不好受。下雨的时候,大街上有时候积水没膝,有一回洋车打天秤,曾经淹死过人,小胡同里到处是大泥塘,走路得靠墙,还要留心泥水溅个满脸花。我小时候每天穿行大街小巷上学下学,深以为苦,长辈告诫我说,不可抱怨,从前的道路不是这样子,甬路高与檐齐,上面是深刻的车辙，那才令人视为畏途。这样退一步想，当然痛快一些。事实上，我也赶上了一部分的当年交通困难的盛况。我小时候坐轿车出前门是一桩盛事，走到棋盘街，照例是"插车"，壅塞难行，前呼后骂，等得心焦，常常要一小时以上才有松动的现象。最难堪的是这一带路上铺厚石板，年久磨损露出很宽很深的缝隙，真是豁牙露齿，骡车马车行走其间，车轮陷入缝隙，左一歪右一倒，就在这一步一倒之际脑袋上会碰出核桃大的包左右各一个。这种情形后来改良了，前门城洞由一个变成了四个，路也拓宽，石板也取消了，更不知是什么人作一大发明，"靠左边走"。

北平城是方方正正的坐北朝南，除了为象征"天塌西北地陷东南"缺了两个角之外没有什么不规则形状，因此街道也就显着横平竖直四平八稳。东四西四东单西单，四个牌楼把据四个中心点，巷弄栉比鳞次，历历可数。到了北平不容易迷途者以此。从前皇城未拆，从东城到西城需要绕过后门，现在打通了一条大路，经北海团城而金鳌玉蝀，雕栏玉砌，风景如画，是北平城里最漂亮的街道。向晚驱车过桥，左右目不暇给。城外还有一条极有风致的路，便是由西直门通到海淀的那条马路，夹路是高可数丈的垂杨柳，一棵挨着一棵，夏秋之季，蝉鸣不已，柳丝飘拂，夕阳西下，景色幽绝。我小时候读书清华园，每星期往返这条道上，前后八年，有时骑驴，有时乘车，这条路给我的印象太深了。

北平街道的名字,大部分都有风趣,宽的叫"宽街",窄的叫"夹道",斜的叫"斜街",短的有"一尺大街",方的有"棋盘街",曲折的有"八道弯"、"九道弯",新辟的叫"新开路",狭隘的叫"小街子",低下的叫"下洼子",细长的叫"豆芽菜胡同"。有许多因历史沿革的关系意义已经失去,例如,"琉璃厂"已不再烧琉璃瓦而变成书业集中地,"肉市"已不卖肉,"米市胡同"已不卖米,"煤市街"已不卖煤,"鹁鸽市"已无鹁鸽,"缸瓦厂"已无缸瓦,"米粮库"已无粮库。更有些路名称稍嫌俚俗,其实俚俗也有俚俗的风味,不知哪位缙绅大人自命风雅,擅自改为雅驯一些的名字,例如,"豆腐巷"改为"多福巷","小脚胡同"改为"晓教胡同","劈柴胡同"改为"辟才胡同","羊尾巴胡同"改为"羊宜宾胡同","裤子胡同"改为"库资胡同","眼乐胡同"改为"演乐胡同","王寡妇斜街"改为"王广福斜街"。民初警察厅有一位刘勃安先生,写得一手好魏碑,搪瓷制的大街小巷的名牌全是此君之手笔。幸而北平尚没有纪念富商显要以人名为路名的那种作风。

北平,不比十里洋场,人民的心理比较保守,沾染的洋习较少较慢。东交民巷是特殊区域,里面的马路特别平,里面的路灯特别亮,里面的楼房特别高,里面打扫得特别干净,但是望洋兴叹与鬼为邻的北平人却能视若无睹,见怪不怪。北平人并不对这一块自感优越的地方投以艳羡眼光，只有二毛子准洋鬼子才直眉瞪眼的往里面钻。地道的北平人，提着笼子架着鸟，宁可到城根儿去溜达，也不肯轻易踱进那一块瞧着令人生气的地方。

北平没有逛街之一说。一般说来，街上没有什么可逛的。一般的铺子没有窗橱，因为殷实的商家都讲究"良贾深藏若虚"，好东西不能摆在外面，而且买东西都讲究到一定的地方去，用不着在街上浪荡。要散步么，到公园北海太庙景山去。如果在路上闲逛，当心车撞，当心泥塘，当心踩一脚屎！要消磨时间么，上下三六九等，各有去处，在街上溜馊腿最不是办法。当然，北平也有北平的市景，闲来无事偶然到街头看看，热闹之中带着悠闲也满有趣。有购书癖的人，到了琉璃厂，从厂东门到厂西门可以消磨整个半天，单是那些匾额招牌就够欣赏许久，一家书铺挨着一家书铺，掌柜的肃客进入后柜，翻看各种图书版本，那真是一种享受。

北平的市容，在进步，也在退步。进步的是物质建设，诸如马路、行人道的拓宽与铺平，退步的是北平特有的情调与气氛逐渐消失褪色了。天下一切事物没有不变的，北平岂能例外？

北平的零食小贩

北平人馋。馋，据字典说是"贪食也"，其实不只是贪食，是贪食各种美味之食。美味当前，固然馋涎欲滴，即使闲来无事，馋虫亦在咽喉中抓挠，迫切的需要一点什么以膏馋吻。三餐时固然希望膏粱罗列，任我下箸，三餐以外的时间也一样的想馋嚼，以锻炼其咀嚼筋。看鹭鸶的长颈都有一点羡慕，因为颈长可能享受更多的徐徐下咽之感，此之谓馋。"馋"字在外国语中无适当的字可以代替，所以讲到馋，真"不足为外人道"。有人说北平人之所以特别馋，是由于当年的八旗子弟游手好闲的太多，闲就要生事，在吃上打主意自然也是可以理解的。所以各式各样的零食小贩便应运而生，自晨至夜逡巡于大街小巷之中。

北平小贩的吆喝声是很特殊的。我不知道这与平剧有无关系，其抑扬顿挫，变化颇多，有的豪放如唱大花脸，有的沉闷如黑头，又有的清脆如生旦，在白昼给浩浩欲沸的市声平添不少情趣，在夜晚又给寂静的夜带来一些凄凉。细听小贩的呼声，则有直譬，有隐喻，有时竟像谜语一般的耐人寻味，而且他们的吆喝声，数十年如一日，不曾有过改变。我如今闭目沉思，北平零食小贩的呼声俨然在耳，一个个的如在目前。现在让我就记忆所及，细细数说。

首先让我提起"豆汁儿"。绿豆渣发酵后煮成稀汤，是为豆汁儿，淡草绿色而又微黄，味酸而又带一点霉味，稠稠的，混混的，热热的。佐以辣咸菜，即"棺材板"切细丝，加芹菜梗、辣椒丝或末。有时亦备较高级之酱菜，如酱萝卜、酱黄瓜之类，但反不如辣咸菜之可口。午后啜三两碗，愈吃愈辣，愈辣愈喝，愈喝愈热，终至大汗淋漓，舌尖麻木而止。北平城里人没有不嗜豆汁儿者，但一出城则豆渣只有喂猪的份，乡下人没有喝豆汁儿的。外省人居住北平三二十年往往不能养成喝豆汁儿的习惯。能喝豆汁儿的人才算是真正的北平人。

其次是"灌肠"。后门桥头那一家的大灌肠，是真的猪肠做的，遐迩驰名，但嫌油腻。小贩的灌肠虽有肠之名，实则并非是肠，仅具肠形，一条条的以芡粉为主所做成的橛子，切成不规则形的小片，放在平底大油锅上煎炸，炸得焦焦的，蘸蒜盐汁吃。据说那油不是普通油，是从作坊里从马肉等熬出来的油，所以有这一种怪味。单闻那种油味，能把人恶心死，但炸出来的灌肠，喷香！

从下午起有沿街叫卖"面筋哟！"者，你喊他时须喊"卖熏鱼儿的！"，他来到你的门口打开他的背盒由你拣选时却主要的是猪头肉。除猪头肉的脸子、双皮、口条之外还有脑子、肝、肠、苦肠、心头、蹄筋等等，外带着别有风味的干硬的火烧。刀口上手艺非凡，从夹板缝里抽出一把飞薄的刀，横着削切，把猪头肉切得其薄如纸，塞在那火烧里食之，熏味扑鼻！这种卤味好像不能登大雅之堂，但是在煨煮熏制中有特殊的风味，离开北平便尝不到。

薄暮后有叫卖羊头肉者，刀板器皿刷洗得一尘不染，切羊脸子是他的拿手，切得真薄，从一只牛角里撒出一些特制的胡盐。北平的羊好，有浓厚的羊味，可又没有浓厚到膻的地步。

也有推着车子卖"烧羊脖子烧羊肉"的。烧羊肉是经过煮和炸两道手续的，除肉之外还有肚子和卤汤。在夏天佐以黄瓜、大蒜，是最好的卜面之物。推车卖的不及街上羊肉铺所发售的，但慰情聊胜于无。

北平的"豆腐脑"，异于川湘的豆花，是哆哩哆嗦的软嫩豆腐，上面浇一勺卤，再加蒜泥。

"老豆腐"另是一种东西，是把豆腐煮出了蜂窠，加芝麻酱、韭菜末、辣椒等佐料，热糊糊的连吃带喝亦颇有味。

北平人做"烫面饺"不算一回事，真是举重若轻、叱咤立办。你喊三十饺子，不大的工夫就给你端上来了，一个个包得细长齐整、又俊又俏。

斜尖的炸豆腐，在花椒盐水里煮得泡泡的，有时再羼进几个粉丝做的炸丸子，放进一点辣椒酱，也算是一味很普通的零食。

馄饨何处无之？北平挑担卖馄饨的却有他的特点，馄饨本身没有什么异样，由筷子头拨一点肉馅，往三角皮子上一抹就是一个馄饨。特殊的是那一锅肉骨头熬的汤别有滋味，谁家里也不会把那么多的烂骨头煮那么久。

一清早卖点心的很多，最普通的是烧饼、油鬼。北平的烧饼主要的有四种：芝麻酱烧饼、螺丝转儿、马蹄儿、驴蹄儿，各有千秋。芝麻酱烧饼，外省仿造者都不像样，不是太薄就是太厚，不是太大就是太小，总是不够标准。螺丝转儿最好是和"甜浆粥"一起用，要夹小圆圈油鬼。马蹄儿只有薄薄的两层皮，宜加圆泡的甜油鬼。驴蹄儿又小又厚，不要油鬼做伴。北平油鬼，不叫油条，因为根本不作长条状，主要的只有两种，四个圆泡联在一起的是甜油鬼，小圆圈的油鬼是咸的，炸得特焦，夹在烧饼里，一按咔喳一声。离开北平的人没有不想念那种油鬼的。外省的油条，虚泡囊肿，不够味，要求炸焦一点也不行。

"面茶"在别处没见过。真正的一锅浆糊，炒面熬的，盛在碗里之后，在上面用筷子蘸着芝麻酱撒满一层，惟恐撒得太多似的。味道好么？至少是很怪。

卖"三角馒头"的永远是山东老乡。打开蒸笼布，热腾腾的各样蒸食，如糖三角、混糖馒头、豆沙包、蒸饼、红枣蒸饼、高庄馒头，听你拣选。

"杏仁茶"是北平的好，因为杏仁出在北方，提味的是那少数几颗苦杏仁。

豆类做出的吃食可多了，首先要提"豌豆糕"。小孩子一听打糖锣的声音很少不怦然心动的。卖豌豆糕的人有一把手艺，他会把一块豌豆泥捏成为各式各样的东西，他可以听你的吩咐捏一把茶壶，壶盖、壶把、壶嘴俱全，中间灌上黑糖水，还可以一杯一杯的往外倒。规模大一点的是荷花盆，真有花有叶，盆里灌黑糖水。最简单的是用模型翻制小饼，用芝麻做馅。后来还有"仿膳"的伙计出来做这一行生意，善用豌豆泥制各式各样的点心，大八件、小八件，什么卷酥喇嘛糕、枣泥饼花糕，五颜六色，应有尽有，惟妙惟肖。

"豌豆黄"之下街卖者是粗的一种，制时未去皮，加红枣，切成三尖形矗立在案板上。实际上比铺子卖的较细的放在纸盒里的那种要有味得多。

"热芸豆"有红白二种，普通的吃法是用一块布挤成一个豆饼，可甜可咸。

"烂蚕豆"是俟蚕豆发芽后加五香、大料煮成的，烂到一挤即出。

"铁蚕豆"是把蚕豆炒熟，其干硬似铁。牙齿不牢者不敢轻试，但亦有酥皮者，较易嚼。

夏季雨后，照例有小孩提着竹篮，赤足蹚水而高呼"干香豌豆"，咸滋滋的也很好吃。

"豆腐丝"，粗糙如豆腐渣，但有人拌葱卷饼而食之。

"豆渣糕"是芸豆泥做的，做圆球形，蒸食，售者以竹筷插之，一插即是两颗，加糖及黑糖水食之。

"甑儿糕"是米面填木碗中蒸之，咝咝作响，顷刻而熟。

"浆米藕"是老藕孔中填糯米，煮熟切片加糖而食之。挑子周围经常环绕着馋涎欲滴的小孩子。

北平的"酪"是一项特产，用牛奶凝冻而成，夏日用冰镇，凉香可口，讲究一点的酪在酪铺发售，沿街贩卖者亦不恶。

"白薯"（即南人所谓"红薯"），有三种吃法，初秋街上喊"栗子味儿的！"者是干煮白薯，细细小小的，一根根的放在车上卖。稍后喊"锅底儿热和！"者为带汁的煮白薯，块头较大，亦较甜。此外是烤白薯。

"老玉米"（即玉蜀黍）初上市时，也有煮熟了在街上卖的。对于城市中人，这也是一种新鲜滋味。

沿街卖的"粽子",包得又小又俏,有加枣的,有不加枣的,摆在盘子里齐整可爱。

北平没有汤圆,只有"元宵",到了元宵季节,街上有叫卖煮元宵的。袁世凯称帝时,曾一度禁称元宵,因与"袁消"二字音同,改称汤圆,可嗤也。

糯米团子加豆沙馅,名曰"爱窝"或"爱窝窝"。

黄米面做的"切糕",有加红豆的,有加红枣的,卖时切成斜块,插以竹签。

菱角是小的好,所以北平小贩卖的是小菱角,有生有熟,用剪去刺,当中剪开。很少卖大的红菱者。

"老鸡头"即芡实。生者为刺囊状,内含芡实数十颗,熟者则为圆硬粒,须敲碎食其核仁。

供儿童以糖果的,从前是"打糖锣的",后又有卖"梨糕"的,此外如"吹糖人的"、卖"糖杂面的",都经常徘徊于街头巷尾。

"扒糕"、"凉粉"都是夏季平民食物,又酸又辣。

"驴肉",听起来怪骇人的,其实切成大片瘦肉,也很好吃。是否有骆驼肉、马肉混在其中,我不敢说。

担着大铜茶壶满街跑的是卖"茶汤"的,用开水一冲,即可调成一碗茶汤,和铺子里的八宝茶汤或牛髓茶固不能比,但亦颇有味。

"油炸花生仁"是用马油炸的，特别酥脆。

北平"酸梅汤"之所以特别好，是因为使用冰糖，并加玫瑰、木樨、桂花之类。信远斋的最合标准，沿街叫卖的便徒有其名了，而且加上天然冰亦颇有碍卫生。卖酸梅汤的普通兼带"玻璃粉"及小瓶用玻璃球做盖的汽水。"果子干"也是重要的一项副业，用杏干、柿饼、鲜藕煮成。"玫瑰枣"也很好吃。

冬天卖"糖葫芦"，裹麦芽糖或糖稀的不太好，蘸冰糖的才好吃。各种原料皆可制糖葫芦，惟以"山里红"为正宗。其他如海棠、山药、山药豆、杏干、核桃、荸荠、橘子、葡萄、金橘等均佳。

北地苦寒，冬夜特别寂静，令人难忘的是那卖"水萝卜"的声音，"萝卜——赛梨——辣了换！"那红绿萝卜，多汁而甘脆，切得又好，对于北方偎在火炉旁边的人特别有沁人脾胃之效。这等萝卜，别处没有。

有一种内空而瘪小的花生，大概是拣选出来的不够标准的花生，炒焦了之后，其味特香，远在白胖的花生之上，名曰"抓空儿"，亦冬夜的一种点缀。

夜深时往往听到沉闷而迟缓的"硬面饽饽"声，有光头、凸盖、镯子等，亦可充饥。

水果类则四季不绝的应世，诸如：三白的大西瓜、蛤蟆酥、羊角蜜、老头儿乐、鸭儿梨、小白梨、肖梨、糖梨、烂酸梨、沙果、苹果、虎拉车、杏、桃、李、山里红、柿子、黑枣、嘎嘎枣、老虎眼大酸枣、荸荠、海棠、葡萄、莲蓬、藕、樱桃、桑椹、槟子……不可胜举，都在沿门求售。

以上约略举说，只就记忆所及，挂漏必多。而且数十年来，北平也正在变动，有些小贩由式微而没落，也有些新的应运而生，比我长一辈的人所见所闻可能比我要丰富些，比我年轻的人可能遇到一些较新鲜而失去北平特色的事物。总而言之，北平是在向新颖而庸俗方面变，在零食小贩上即可窥见一斑。如今呢，胡尘涨宇，面目全非，这些小贩，还能保存一二与否，恐怕在不可知之数了。但愿我的回忆不是永远的成为回忆！

"疲马恋旧秣,羁禽思故栖"

"疲马恋旧秣,羁禽思故栖"是孟郊的句子,人与疲马羁禽无异,高飞远走,疲于津梁,不免怀念自己的旧家园。

我的老家在北平,是距今一百几十年前由我祖父所置的一所房子。坐落在东城相当热闹的地区,出胡同东口往北是东四牌楼,出胡同西口是南小街子。东四牌楼是四条大街的交叉口,所以商店林立,市容要比西城的西四牌楼繁盛得多。牌楼根儿底下靠右边有一家干果子铺,是我家投资开设的,领东的掌柜的姓任,山西人,父亲常在晚间带着我们几个孩子溜达着到那里小憩,掌柜的经常飨我们以汽水,用玻璃球做塞子的那种小瓶汽水,仰着脖子对着瓶口汩汩而饮之,还有从蜜饯缸里抓出来的蜜饯桃脯的一条条的皮子,当时我认为那是一大享受。南小街子可是又脏又臭又泥泞的一条路,我小时候每天必需走一段南小街去上学，时常在羊肉床子看宰羊，在切面铺买"乾蹦儿"或"糖火烧"吃。胡同东口外斜对面就是灯市口，是较宽敞的一条街，在那里有当时惟一可以买到英文教科书《汉英初阶》及墨水钢笔的汉英图书馆，以后又添了一家郭纪云，路南还有一家小有名气的专卖卤虾小菜臭豆腐的店。往南走约十五分钟进金鱼胡同便是东安市场了。

我的家是一所不大不小的房子。地基比街道高得多，门前有四层石台阶，情形很突出，人称"高台阶"。原来门前还有左右分列的上马石凳，因妨碍交通而拆除了。门不大，黑漆红心，浮刻黑字"忠厚传家久，诗书继世长"，门框旁边木牌刻着"积善堂梁"四个字，那时人家常有堂号，例如，"三槐堂王"、"百忍堂张"等等，"积善堂梁"出自何典我不知道。"积善之家必有余庆"，语见《易经》，总是勉人为善的好话，作为我们的堂号亦颇不恶。打开大门，里面是一间门洞，左右分列两条懒凳，从前大门在白昼是永远敞着的，谁都可以进来歇歇腿。一九一一年兵变之后才把大门关上。进了大门迎面是两块金砖镂刻的"戬谷"两个大字，戬谷一语出自诗经"俾尔戬谷"。戬是福，谷是禄，取其古祥之义。前面放着一大缸水葱（正名为莞），除了水冷成冰的时候总是绿油油的，长得非常旺盛。

向左转进四扇屏门，是前院。坐北朝南三间正房，中间一间辟为过厅，左右两间一为书房一为佛堂。辛亥革命前两年，我的祖父去世，佛堂取消，因为我父亲一向不喜求神拜佛，这间房子成了我的卧室，那间书房属于我的父亲，他镇日价在里面摩挲他的那些有关金石小学的书籍。前院的南边是临街的一排房，作为佣人的居室。前院的西边又是四扇屏门，里面是西跨院，两间北房由塾师居住，两间南房堆置书籍，后来改成了我的书房。小跨院种了四棵紫丁香，高逾墙外，春暖花开时满院芬芳。

走进过厅，出去又是一个院子，迎面是一个垂花门，门旁有四大盆石榴树，花开似火，结实大而且多，院里又有几棵梨树，后来砍伐改种四棵西府海棠。院子东头是厨房，绕过去一个月亮门通往东院，有一棵高庄柿子树，一棵黑枣树，年年收获累累，此外还有紫荆、榆叶梅等等。我记得这个东院主要用途是摇煤球，年年秋后就要张罗摇煤球，要敷一冬天的使用。煤黑子把煤渣与黄土和在一起，加水，和成稀泥，平铺在地面，用铲子剁成小方粒，放在大簸箩里像滚元宵似的滚成圆球，然后摊在地上晒，这份手艺真不简单，我儿时常在一旁参观十分欣赏。如遇天雨，还要急速动员抢救，否则化为一汪黑水全被冲走了。在那厨房里我是不受欢迎的，厨师嫌我碍手碍脚，拉面的时候总是塞给我一团面教我走得远远的，我就玩那一团面，直玩到那团面像是一颗煤球为止。

进了垂花门便是内院,院当中是一个大鱼缸,一度养着金鱼,缸中还矗立着一座小型假山,山上有桥梁房舍之类,后来不知怎么水也涸了,假山也不见了,干脆作为堆置煤灰煤渣之处,一个鱼缸也有它的沧桑!东西厢房到夏天晒得厉害,虽有前廊也无济于事,幸有宽幅一丈以上的帐篷三块每天及时支起,略可遮抗骄阳。祖父逝后,内院建筑了固定的铅铁棚,棚中心设置了两扇活动的天窗,至是"天棚鱼缸石榴树……"乃粗具规模。民元之际,家里的环境突然维新,一日之内小辫子剪掉了好几根,而且装上了庞然巨物钉在墙上的"德律风",号码是六八六。照明的工具原来都是油灯、猪蜡,只有我父亲看书时才能点白光熠熠的"僧帽"牌的洋蜡,煤油灯认为危险,一向抵制不用,至是里里外外装上了电灯,大放光明。还有两架电扇,西门子制造的,经常不准孩子们走近五尺距离以内,生怕削断了我们的手指。

内院上房三间,左右各有套间两间。祖父在的时候,他坐在炕上,隔着玻璃窗子外望,我们在院里跑都不敢跑。有一次我们几个孩子听见胡同里有"打糖锣儿的"的声音,一时忘形,蜂拥而出,祖父大吼:"跑什么?留神门牙!"打糖锣儿的乃是卖糖果的小贩,除了糖果之外兼卖廉价玩具、泥捏的小人、蜡烛台、小风筝、摔炮,花样很多,我母亲一律称之为"土筐货"。我们买了一些东西回来,祖父还坐在那里,唤我们进去。

上房是我们非经呼唤不能进去的，而且是一经呼唤便非进去不可的，我们战战兢兢的鱼贯而入，他指着我问："你手里拿着什么？"我说："糖。""什么糖？"我递出了手指粗细的两支，一支黑的，一支白的。我解释说："这黑的，我们取名为狗屎橛；这白的为猫屎橛。"实则那黑的是杏干做的，白的是柿霜糖，祖父笑着接过去，一支咬一口尝尝，连说："不错，不错。"他要我们下次买的时候也给他买两支。我们奉了圣旨，下次听到糖锣儿一响，一涌而出，站在院子里大叫："爷爷，您吃猫屎橛，还是吃狗屎橛？"爷爷会立即答腔："我吃猫屎橛！"这是我所记得的与祖父建立密切关系的开始。

父母带着我们孩子住西厢房，我同胞一共十一个，我记事的时候已经有四个，姊妹兄弟四个孩子睡一个大炕，好热闹，尤其是到了冬天，白天玩不够，夜晚钻进被窝齐头睡在炕上还是吱吱喳喳笑语不休，母亲走过来巡视，把每个孩子脖梗子后面的棉被塞紧，使不透风，我感觉异常的舒适温暖，便怡然入睡了。我活到如今，夜晚睡时脖梗子后面透凉气，便想到母亲当年那一份爱抚的可贵。母亲打发我们睡后还有她的工作，她需要去伺候公婆的茶水点心，直到午夜；她要黎明即起，张罗我们梳洗，她很少睡觉的时间，可是等到"多年的媳妇熬成婆"，这情形又周而复始，于是女性惨矣！

大家庭的膳食是有严格规律的，祖父母吃小锅饭，父母和孩子吃普通饭，男女仆人吃大锅饭，只有吃煮饽饽吃热汤面是例外。我们北方人，饭桌上没有鱼虾，烩虾仁、溜鱼片是馆子里的菜，只有春夏之交黄鱼、大头鱼相继进入旺季，全家才能大快朵颐，每人可以分到一整尾。秋风起，要吃一两回铛爆羊肉，牛肉是永远不进家门的。院子里升起一大红泥火炉的熊熊炭火，有时也用柴，噼噼啪啪的响，铛上肉香四溢，颇为别致。秋高蟹肥，当然也少不了几回持螯把酒。平时吃的饭是标准的家常饭，到了特别的吉庆之日，看祖父母的高兴，说不定就有整只烤猪或是烧鸭之类的犒劳。祖父母的小锅饭也没有什么了不起，也不过是爆羊肉、烧茄子、焖扁豆之类，不过是细切细做而已。我记得祖父母进膳时，有时看到我们在院里拍皮球，便喊我们进去，教我们张开嘴巴，用筷子夹起半肥半瘦的羊肉片往嘴里塞，我们实在不欣赏肥肉，闭着嘴跑到外面就吐出来。祖父有时候吃得高兴，便教"跑上房的"小厮把厨子唤来，隔着窗子对他说："你今天的爆羊肉做得好，赏钱两吊！"厨子在院中慌忙屈腿请安，连声谢谢，我觉得很好笑。我祖母天天要吃燕窝，夜晚由老张妈带上老花眼镜坐在门旮旯儿弓着腰驼着背摘燕窝上的细茸毛，好可怜，一清早放在一个薄铫儿里在小炉子上煨。官燕木盒子是我们的，黑漆金饰，很好玩。

我母亲从来不下厨房，可是经我父亲特烦，并且亲自买回鱼鲜笋蕈之类，母亲亲操刀砧，做出来的菜硬是不同。我十四岁进了清华学校，每星期只准回家一次，除去途中往返，在家只有一顿午饭从容的时间，母亲怜爱我，总是亲自给我特备一道菜，她知道我爱吃什么，时常是一大盘肉丝韭黄加冬笋木耳丝，临起锅加一大勺花雕酒，——菜的香，母的爱，现在回忆起来不禁涎欲滴而泪欲垂！

我生在西厢房，长在西厢房，回忆儿时生活大半在西厢房的那个大炕上。炕上有个被窝垛，由被褥堆垛起来的，十床八床被褥可以堆得很高，我们爬上爬下以为戏，直到把被窝垛压到连人带被一齐滚落下来然后已。炕上有个炕桌，那是我们启蒙时写读的所在。我同哥姐四个人，盘腿落脚的坐在炕上，或是把腿伸到桌底下，夜晚靠一盏油灯，三根灯草，描红模子，写大字，或是朗诵"一老人，入市中，买鱼两尾，步行回家"。我会满怀疑虑的问父亲："为什么他买鱼两尾就不许他回家？"惹得一家大笑。有一回我们围着炕桌夜读，我两腿清酸，一时忘形把膝头一拱，哗剌剌一声炕桌滑落地上，油灯墨盒泼洒得一塌糊涂。母亲有时督促我们用功，不准我们淘气，手里握着笤帚疙瘩或是掸子把儿，作威吓状，可是从来没有实行过体罚。这西厢房就是我的窝，夙兴夜寐，没有一个地方比这个窝更为舒适。虽然前面有廊檐而后面无窗，上支下摘的旧式房屋就是这样的通风欠佳。我从小就是喜欢早起早睡。祖父生日有时叫一台"托偶戏"在院中上演，有时候是滦州影戏，唱的无非是什么《盘丝洞》、《走鼓沾棉》、《三娘教子》、《武家坡》之类，大锣大鼓，尖声细嗓，我吃不消，我依然是按时回房睡觉，大家目我为落落寡合的怪物。可是影戏里有一个角色我至今不忘，那就是每出戏完毕之后上来叩谢赏钱的那个小丑，满身袍褂靴帽而脑后翘着一根小辫，跪下来磕三个响头，有人用惊堂木配合着用力敲三下，砰砰砰，清脆可听。我所以对这个角色发生兴趣，是因为他滑稽，同时代表那种只为贪图一吊两吊的小利就不惜卑躬屈节向人磕头的奴才相。这种奴才相在人间世里到处皆是。

小时过年固然热闹，快意之事也不太多。除夕满院子洒上芝麻秸，踩上去喀吱喀吱响，一乐也；宫灯、纱灯、牛角灯全部出笼，而孩子们也奉准每人提一只纸糊的"气死风"，二乐也；大开赌戒，可以掷状元红，呼卢喝雉，难得放肆，三乐也。但是在另一方面，年菜年年如是，大量制造，等于是天天吃剩菜，几顿煮饽饽吃得人倒尽胃口。杂拌儿么，不管粗细，都少不了尘埃细沙杂拌其间，吃到嘴里牙碜。撤供下来的蜜供也是罩上了薄薄一层香灰。压岁钱则一律塞进"扑满"，永远没满过，也永远没扑过，后来不知到哪里去了。天寒地冻，无处可玩，街上店铺家家闭户，里面不成腔调的锣鼓点儿此起彼落。厂甸儿能挤死人，为了"喝豆汁儿，就咸菜儿，琉璃喇叭大沙雁儿"，真犯不着。过年最使人窝心的事莫过于挨门去给长辈拜年,其中颇有些位只是年齿比我长些,最可恼的是有时候主人并不挡驾而教你进入厅堂朝上磕头,从门帘后面蓦地钻出一个不三不四的老妈妈:"哟,瞧这家的哥儿长得可出息啦!"辛亥革命以后我们家里不再有这些繁文缛节。

还有一个后院,四四方方的,相当宽绰。正中央有一棵两人合抱的大榆树。后边有榆(余)取其吉利。凡事要留有余,不可尽,是我们民族特性之一。这棵榆树不但高大而且枝干繁茂,其圆如盖,遮满了整个院子。但是不可以坐在下面乘凉,因为上面有无数的红毛绿毛的毛虫,不时的落下来,咕咕囔囔的惹人嫌。榆树下面有一个葡萄架,近根处埋一两只死猫,年年葡萄丰收,长长的马乳葡萄。此外靠边还有香椿一、花椒一、嘎嘎儿枣一。每逢春暮,榆树开花结荚,名为榆钱。榆荚纷纷落下时,谓之"榆荚雨"(见《荆楚岁时记》)。施肩吾《咏榆荚》诗:"风吹榆钱落如雨,绕林绕屋来不住。"我们北方人生活清苦,遇到榆荚成雨时就要吃一顿榆钱糕。名为糕,实则捡榆钱洗净,和以小米面或棒子面,上锅蒸熟,舀取碗内,加酱油醋麻油及切成段的葱白葱叶而食之。我家每做榆钱糕成,全家上下聚在院里,站在阶前分而食之。比《帝京景物略》所说"四月榆初钱,面和糖蒸食之"还要简省。仆人吃过一碗两碗之后,照例要请安道谢而退。我的大哥有一次不知怎的心血来潮,吃完之后也走到祖母跟前,屈下一条腿深深请了个安,并且说了一声:"谢谢您!"祖母勃然大怒:"好哇!你把我当做什么人?……"气得几乎晕厥过去。父亲迫于形势,只好使用家法了。从墙上取下一根藤马鞭,高高举起,轻轻落下,一五一十的打在我哥哥的屁股上。我本想跟进请安道谢,幸而免,吓得半死,从此我见了榆钱就恶心,对于无理的专制与压迫在幼小时就有了认识。后院东边有个小院,北房三间,南房一间,其间有一口井。井水是苦的,只可汲来洗衣洗菜,但是另有妙用,夏季把西瓜系下去,隔夜取出,透心凉。

想起这栋旧家宅,顺便想起若干儿时事。如今隔了半个多世纪,房子一定是面目全非了。其实人也不复是当年的模样,纵使我能回去探视旧居,恐怕我将认不得房子,而房子恐怕也认不得我了。

一叶知天下秋

戊戌秋日
小林写于大理

忆青岛

"上有天堂,下有苏杭。"天堂我尚未去过。《启示录》所描写的"从天上上帝那里降下来的圣城耶路撒冷,那城充满着上帝的荣光,闪烁像碧玉宝石,光洁像水晶",城墙是碧玉造的,城门是珍珠造的,街道是纯金的。珠光宝气,未能免俗。真不想去。新的耶路撒冷是这样的,天堂本身如何,可想而知。至于苏杭,余生也晚,没赶上当年的旖旎风光。我知道苏州有一个顽石点头的地方,有亭台楼阁之胜,网师渔隐,拙政灌园,均足令人向往。可是想到一条河里同时有人淘米洗锅刷马桶,不禁胆寒。杭州是白傅留诗苏公判牍的地方,荷花十里,桂子三秋,曾经一度被人当做汴州。如今只见红男绿女游人如织,谁有心情看浓妆淡抹的山色空濛。所以苏杭对我也没有多少号召力。

我曾梦想,如果有朝一日,可以安然退休,总要找一个比较舒适安逸的地点去居住。我不是不知道随遇而安的道理。

树下一卷诗,

一壶酒,一条面包——

荒漠中还有你在我身边歌唱——

啊,荒漠也就是天堂!

这只是说说罢了。荒漠不可能长久的变成天堂。我不存幻想,只想寻找一个比较能长久的居之安的所在。我是北平人,从不以北平为理想的地方。北平从繁华而破落,从高雅而庸俗、而恶劣,几经沧桑,早已无复旧观。我虽然足迹不广,但北自辽东,南至百粤,也走过了十几省,窃以为真正令人流连不忍去的地方应推青岛。

青岛位于东海之滨,在胶州湾之入口处,背山面海,形势天成。光绪二十三年(一八九七年)德国强租胶州湾,辟青岛为市场,大事建设。直到如今,青岛的外貌仍有德国人的痕迹。例如房屋建筑,屋顶一律使用红瓦片,山坡起伏绿树葱茏之间,红绿掩映,饶有情趣。民国三年青岛又被日本夺占,民国十一年才得收回。迨后虽然被几个军阀盘据,表面上没有遭到什么破坏。当初建设的根底牢固,就是要糟蹋一时也糟蹋不了。

青岛的整齐清洁的市容一直维持了下来。我想在全国各都市里，青岛是最干净的一个。"无风三尺土，有雨一街泥"的北平不能比。

青岛的天气属于大陆气候，但是有海湾的潮流调剂，四季的变化相当温和。称得上是"春有百花秋有月，夏有凉风冬有雪"的好地方。冬天也有过雪，但是很少见，屋里面无需升火不会结冰。夏天的凉风习习，秋季的天高气爽，都是令人喜的，而春季的百花齐放，更是美不胜收。樱花我并不喜欢，虽然第一公园里整条街的两边都是樱花树，繁花如簇，一片花海，游人摩肩接踵，蜜蜂嗡嗡之声震耳，可是花没有香气，没有姿态。樱花是日本的国花，日本和我们有血海深仇，花树无辜，但是我不能不连带着对它有几分憎恶！我喜欢的是公园里培养的那一大片娇艳欲滴的西府海棠。杜甫诗里没有提起过它，历代诗人词人歌咏赞叹它的不在少数。上清宫的牡丹高与檐齐，别处没有见过，山野有此丽质，没有人嫌它有富贵气。

推开北窗，有一层层的青山在望。不远的一个小丘有一座楼阁矗立，像堡垒似的，有俯瞰全市傲视群山之势，人称总督府，是从前德国总督的官邸，平民是不敢近的，青岛收回之后作为冠盖往来的饮宴之地，平民还是不能进去的（听说后来有时候也偶尔开放）。里面是什么样子我不知道，也不想知道。还有人说里面闹鬼。反正这座建筑物，尽管相当雄伟，不给人以愉快的印象，因为它带给我们耻辱的回忆。

其实青岛本身没有高山峻岭，邻近的劳山，亦作崂山，又称牢山，却是峣峥巉崄，为海滨一大名胜。读《聊斋志异·劳山道士》，早已心向往之，以为至少那是一些奇人异士栖息之所。由青岛驱车至九水，就是山麓，清流汩汩，到此尘虑全消。舍车扶策步行上山，仰视峰嶝，但见参嵯翳日，大块的青石陡峭如削，绝似山水画中之大斧劈的皴法，而且牛山濯濯，没有什么迎客松五老松之类的点缀，所以显得十分荒野。有人说这样的名山而没有古迹岂不可惜，我说请看随便哪一块巍巍的巨岩不是大自然千百万年锤炼而成，怎能说没有古迹？几小时的登陟，到了黑龙潭观瀑亭，已经疲不能兴。其他胜境如清风岭碧落岩，则只好留俟异日。游山逛水，非徒乘兴，也须有济胜之具才成。

青岛之美不在山而在水。汇泉的海滩宽广而水浅，坡度缓，作为浴场据说是东亚第一。每当夏季，游客蜂涌而至，一个个一双双的玉体横陈，在阳光下干晒，晒得两面焦，扑通一声下水，冲凉了再晒。其中有佳丽，也有老丑。玩得最尽兴的莫过于夫妻俩带着小儿女阖第光临。小孩子携带着小铲子小耙子小水桶，在沙滩上玩沙土，好像没个够。在这万头攒动的沙滩上玩腻了，缓步踱到水族馆。水族固有可观，更妙的是下面岩石缝里有潮水冲积的小水坑，其中小动物很多。如寄生蟹，英文叫 hermit crab，顶着螺蛳壳乱跑，煞是好玩。又如小型水母，像一把伞似的一张一阖，全身透明。孩子们利用他们的小工具可以罗掘一小桶，带回家去倒在玻璃缸里玩，比大人玩热带鱼还兴致高。如果还有余勇可贾，不妨到栈桥上走一遭。桥尽头处有一个八角亭，额曰回澜阁。在那里观壮阔之波澜，当大王之雄风，也是一大快事。

汇泉在冬天是被遗弃的，却也别有风致。在一个隆冬里，我有一回偕友在汇泉闲步，在沙滩上走着走着累了，便倒在沙上晒太阳，和风吹着我们的脸。整个沙滩属于我们，没有旁人，最后来了一个老人向我们兜售他举着的冰糖葫芦。我们在近处一家餐厅用膳，还喝了两杯古拉索（柑香酒）。尽一日欢，永不能忘。

汇泉冬夜涨潮时，潮水冲上沙滩又急遽的消退，轰隆呜咽，往复不已。我有一个朋友赁居汇泉尽头，出户不数步就是沙滩，夜闻涛声不能入眠，匆匆移去。我想他也许没有想到，那就是观音说教的海潮音，乃觌面失之。

说来惭愧，"饮食之人"无论到了什么地方总是不能忘情口腹之欲。青岛好吃的东西很多。牛肉最好，销行国内外。德国人佛劳塞尔在中山路开一餐馆，所制牛排我认为是国内第一。厚厚大大的一块牛排，煎得外焦里嫩，切开之后里面微有血丝。牛排上面覆以一枚嫩嫩的荷包蛋，外加几根炸番薯。这样的一份牛排，要两元钱，佐以生啤酒一大杯，依稀可以领略樊哙饮酒切肉之豪兴。内行人说，食牛肉要在星期三四，因为周末屠宰，牛肉筋脉尚生硬，冷藏数日则软硬恰到好处。佛劳塞尔店主善饮，我在一餐之间看他在酒桶之前走来走去，每经酒桶即取饮一杯，不下七八杯之数，无怪他大腹便便，如酒桶然。这是五十年前旧话，如今这个餐馆原址闻已变成邮局，佛劳塞尔如果尚在人间当在百龄以上。

青岛的海鲜也很齐备。像蚶、蛤、牡蛎、虾、蟹以及各种鱼类应有尽有。西施舌不但味鲜，名字也起得妙，不过一定要不惜工本，除去不大雅观的部分，专取其洁白细嫩的一块小肉，加以烹制，才无负于其美名，否则就近于唐突西施了。以清汤氽煮为上，不宜油煎爆炒。顺兴楼最善烹制此味，远在闽浙一带的餐馆以上。我曾在大雅沟菜市场以六元市得鲥鱼一尾，长二尺半有余，小口细鳞，似才出水不久，归而斩成几段，阖家饱食数餐，其味之腴美，从未曾有。菜蔬方面隽品亦多。蒲菜是自古以来的美味，诗经所说"其蔌维何，维笋及蒲"，蒲的嫩芽极细致清脆。青岛的蒲菜好像特别粗壮，以做羹汤最为爽口。再就是附近潍县的大葱，粗壮如甘蔗，细嫩多汁。一日，有客从远道来，止于寒舍，惟索烙饼大葱，他非所欲。乃如命以大葱进，切成段段，如甘蔗状，堆满大大一盘。客食之尽，谓乃生平未有之满足。青岛一带的白菜远销上海，短粗肥壮而质地细嫩。一般人称之为山东白菜。古人所称道的"春韭秋菘",菘就是这大白菜。白菜各地皆有,种类不一,以山东白菜为最佳。

青岛不产水果,但是山东半岛许多名产以青岛为集散地。例如莱阳梨,此梨产在莱阳的五龙河畔,因沙地肥沃,故品质特佳。外表不好看,皮又粗糙,但其细嫩酥脆甜而多浆,绝无渣滓,美得令人难以相信,大的每个重十台两以上。再如肥城桃,皮破则汁流,真正是所谓水蜜桃,海内无其匹,吃一个抵得半饱。今之人多喜怀乡,动辄曰吾乡之梨如何,吾乡之桃如何,其夸张心理可以理解。但如食之以莱阳梨、肥城桃,两相比较,恐将哑然失笑。他如烟台之香蕉苹果玫瑰葡萄,也是青岛市面上常见的上品。

一般山东人的特性是外表倔强豪迈,内心敦厚温和。宦场中人,大部分肉食者鄙,各地皆然,固无足论。观风问俗,宜对庶民着眼。青岛民风淳厚,每于细民中见之。我初到青岛,看到人力车夫从不计较车资,乘客下车一律付与一角,路程远则付二角,无争论者。这是全国所没有的现象。有人说这是德国人留下的无形的制度,无论如何这种作风能维持很久便是难能可贵。青岛市面上绝少讨价还价的恶习。虽然小事一端,代表意义很大。无怪乎有人感叹,齐鲁本是圣人之邦,青岛焉能不绍其余绪?

我家里请了一位厨司老张，他是一位异人。他的手艺不错，蒸馒头，烧牛尾，都很擅长。每晚膳事完毕，沐浴更衣外出，夜深始返。我看他面色苍白削瘦，疑其吸毒涉赌。我每日给他菜钱二元，有时候他只飨我以白菜、豆腐之类，勉强可以果腹而已。我问他何以至此，他惨笑不答。过几天忽然大鱼大肉罗列满桌，俨若筵席，我又问其所以，他仍微笑不语。我懂了，一定是昨晚赌场大赢。几番钉问之后，他最后迸出这样的一句："这就是一点良心！"

我赁屋于鱼山路七号，房主王君乃铁路局职员，以其薄薪多年积蓄成此小筑。我于租满前三个月退租离去，仍依约付足全年租赁，王君坚不肯收，争执不已，声达户外。有人叹曰："此君子国也。"

我在青岛居住四年，往事如烟。如今隔了半个世纪，人事全非，山川有异。悬想可以久居之地，乃成为缥缈之乡！噫！

六朝如梦——记六十年前的南京

江雨霏霏江草齐，六朝如梦鸟空啼。

无情最是台城柳，依旧烟笼十里堤。

这是唐末五代前蜀诗人韦庄的一首七言绝句《金陵图》，咏的是一幅图画，有怀古感慨之意。金陵自古帝王洲，明成祖迁都北京，金陵始有南京之名。龙蟠虎踞，再加上六朝金粉，俨然江南文化重镇，历来文人雅士常有吟咏描述的篇章。韦庄的这一首是最著名的之一。

民国十五年秋，我在南京有半年的勾留，赁屋于东南大学大门对面的蓁巷。从海外归来，初到南京，好像有忽然置身于中古时代之感。以面积论，南京比北京大。从下关进入市内，惟一的交通工具是破旧的敞篷马车，路旁大部分是田畴草牧。

南京的饮水要由挑夫或水车从下关取江水运到市内，江水是黄泥浆，家家都要备大水缸，用明矾澄清之后才能饮用。南京有电灯厂，电力不足，灯泡无光，只露丝丝红线，街灯形同虚设，人人预备手电筒。至于厕所，则厕列蹲坑，不备长筹，室有马桶，绝无香枣。每年至少产卵三次，每次至少产卵二百的臭虫，温热带地区无处无之，而"南京虫"之名独为天下所熟知，好像冤枉，不过亲自领教之后亦知其非浪得虚名。

因韦庄诗说起台城，我就先从台城说起。台城离我的学校和住处很近。一日午后课毕，偕友步行趋往。所谓台城，本是台省与宫殿所在之地的总称，其故址在鸡鸣山南乾河沿北。今习称鸡鸣寺北与明城墙相接的一段为台城遗址，实乃附会。但是台城太有名了，相传梁武帝萧衍于侯景之乱饿死于此。也有人说梁武帝并非饿死，实因老病于战乱之中死去。所有这些历史上的事实，后人不暇深考，鸡鸣寺附近那一段城墙大家认为是台城，我们也就无妨从众了。那一段城墙有个颇为宽大而苔藓丛生的墁砖的斜坡，循坡而上，即至墙头。这地方的景观甚为开廓，王勃《梓州福会寺碑》所谓"右萦层雉，左控崇峦"庶几近之。不过到处都是败壁摧垣，有一片萧索寂寥之感。我去的那一天，正值初秋，清风飒至，振衣当之，殊觉快意。想起台城在六朝的故事，由梁武帝想到陈后主，也不知那景阳井（即胭脂井）究竟在什么地方，只觉得一幕幕的历史悲剧曾在这一带扮演过，不禁兴起阵阵怀古的哀愁。这时节夕阳西下，猛听得远远传来军中喇叭的声音，益发凄凉，为之愀然，遂偕友携手踉跄而下。以后我们还去过许多次，凄迷的淑景至今不能忘。

南京有两个湖，一大一小。大的是玄武湖，小的是莫愁湖。玄武湖在南京城东北，周长约十五公里，面积约四平方公里半，其中有几个岛屿。本是历朝操练水兵和帝王游宴之所，后来废湖为田，又曾几度疏浚为湖，直到清末辟为公园，习称后湖。其间古迹不少，如东晋郭璞的坟墓等。萧统编《昭明文选》也是在这个地方。我曾去过后湖两次，匆匆不及深入观赏，只见到处是席棚茶座，扰攘不堪。莫愁湖小得多，在水西门外，周长仅约三点五公里。相传南齐时代，洛阳女子莫愁远嫁到此地的卢姓人家，夫君远征，抑郁寡欢，湖因此得名。此说似不可信，因六朝时此地尚属大江的区域，莫愁湖之名始见于北宋乐史《太平环宇记》。湖虽小，但有一段不平凡的历史。传说明太祖朱洪武曾在这湖上和徐达下过一局棋，赌注就是莫愁湖，徐达赢了，莫愁湖就成了他的别墅。后来好事者在此建了一座楼，名"胜棋楼"。大门口还有一副对联：

粉黛江山留得半湖烟雨
王侯事业都如一局棋枰

倒也稳妥贴切，可惜那局棋谱没有留下，无由窥测徐达的黑子棋怎样在白子中间摆出了"万岁"二字。我去游赏过一次，湖山仍旧，只是枯荷败柳，一片荒凉。

莫愁湖一度号称"金陵第一名胜"，而我最欣赏的地方却是清凉山下的扫叶楼。扫叶楼是明末清初高人画士龚贤（半千）的隐居之地，在水西门外，毗近莫愁湖。驱车至清凉寺，拾级而升，数转即可登楼上。半千是昆山人，流寓金陵，结庐于清凉山下，葺"半亩园"，筑"扫叶楼"，莳花种竹，远离尘嚣，以卖书鬻画自给。从游者甚众，编《芥子园画传》之王概即出其门下。我游扫叶楼，偕往者胡梦华卢冀野，二君皆已下世。犹忆在扫叶楼上瀹茗清谈，偷闲半日。俯视半亩园，局面甚小，而趣味不俗。明末清初，江南固多隐逸，"金陵八家"以半千为首。其画"用笔厚重，用墨丰秾"，与时下泼墨之风迥异。半千不独以书画胜，人品之高尤足令人起敬。壁间中央供扫叶僧画像一帧，惜余当时未加详察，今已不复记忆是半千自画像的原本，抑是后人摹拟之作。对半千其人，我至今怀有敬意，因而对扫叶楼印象亦特别深刻。

明初宫殿建筑几已完全毁于兵燹，惟孝陵木构殿堂之石基尚在，石碑翁仲以及神兽雕刻大体完好，具见其规模之宏大。陵前殿址有屋数楹，想系后人所筑，游客至此可以少憩。壁间悬朱元璋画像，不知何人手笔，獐头鼠目，长长的下巴，如猪拱嘴，望之不似人君。也有人说此像相当逼真，帝王之相固当有异常流。我对朱元璋个人的印象相当复杂，以一个平民出身的人而能克敌制胜位至九五，当然颇不简单，但其为人之猜忌残酷，亦历来所少有。他入葬孝陵，殉葬者有十余人，极人间之惨事。明清两代荒谬绝伦之文字狱，朱元璋实开其端。我凭吊其陵寝，很难对他下一单纯之论断，从陵门到孝陵殿基址，有一拱形墓门隧道直抵墓门，据专家言乃一伟大的建筑设计。

从明陵折返，途经一小博物馆，内中陈列若干古物之中有一块高与人齐的石头，上面血渍殷然，据云是方孝孺洒的血。我看了大为震撼。方孝孺一代大儒，因拒为明燕王棣篡位草诏而被判大逆，诛九族，方曰"诛十族亦无所惧"，于是于九族之外加上门生一族，八百七十余人死之！这是历史上专制帝王最不人道的暴行！这也是重气节的读书人为了正义而付出的最大的代价。我在小学读历史，老师讲起过诛十族的故事，即不胜其愤慨，如今看到这血渍石，焉得不为这惨痛的往事而神伤？

到了南京而不去秦淮河一游，好像是说不过去。东南大学外文系教授李辉光、畜牧系的教授罗清生，经常和我在一起游宴。有一天我提议去看看这"烟笼寒水月笼沙"的胜景，二公无兴趣，强而后可。在华灯初上的时候，我们到了河畔。哇！窄窄的一条小河，好像是一汪子死水，上面还泛着一些浮沤，两岸全是破敝的民房，河上泊着几只褪色的游艇。我们既来则安，勉强的冲着一只游艇走去，只见船舱中走出一位衣履不整的老妪，带着一位浓妆艳抹俗不可耐的村姑出来迎客。我们不知所措，狼狈而逃，恐怕真是赢得李太白诗中所谓"两岸拍手笑"了。未来之前不是没有心理准备。明知这条传说中"祖龙"开凿的河渠，两岸有过多少风流韵事，都早已成为陈迹，不复存在，但是万没想到会堕落荒废到如此的地步。只能败人意，扫人兴，怎能勾起人一丝半点的思古之幽情？朱自清写过一篇《桨声灯影里的秦淮河》，为人传诵，他认为当时的秦淮河上的船依然"雅丽过于他处而又有奇异的吸引力"，我不能不惊服佩弦先生的胃口之强了。

金陵号称有四十八景，可观之地当然不止上述几处，我课余得闲游览所及如是而已。友辈往还，亦多乐事。张欣海、余上沅、陈登恪和我，当时均无室家，如无其他应酬，每日晚餐辄相聚于成贤街一小餐馆。南京烹调并不独树一帜，江南风味，各地相差不多。我们每餐都很丰盛，月底结账，四人分摊，每人摊派三十余元，约合一般教授月薪六分之一。有一天，李辉光告我，北门桥有一西餐馆供应鹿肉，惟须预订，俟猎户上山有获，即通知赴宴。我为好奇，应允参加一份。不久，果然接到通知，欣然往。座客六七人。鹿惟两只腿可食。虽非珍馐，究属难得一尝的野味。其实以鹿肉供食，在我国古时是寻常事。

《礼记·内则》:"春宜羔豚……夏宜腒鱐……秋宜犊麛……冬宜鲜羽……"麛,同麑,小鹿也。又提到鹿脯、麋脯、麕脯之类。可见食鹿肉并不希奇。

罗清生最善拇战,豁拳赌酒,多半胜券在握。我曾请教其术,据告并无秘诀,惟须默察对方出拳之路数,如能看出其中变化之格式,自然易于猜中,同时自己之路数亦宜多所变化,务使对方莫测高深。因思孙子兵法谋攻篇所谓"知彼知己,百战不殆",大概即是这个道理。我聆教之后,数十年间以酒会友拳战南北几乎无往不利。

图书馆主任洪范五先生亦我酒友之一,拇战时声调高亢,有如铜锤花脸。其寝室内经常备有一整脸盆之茶叶蛋,微火慢煨,蛋香满室。不独先生有此偏嗜,客来必定食蛋一枚。每蛋均写有号码,以志炖煮之先后。来客无不称美,主人引以为乐。

民国十六年春,革命军北伐,直薄南京,北军溃败,学校停课改组,我未获续聘,因而结束我在南京半载之盘桓。六十年前之南京,其风景人物,已经如梦,至若怀想六朝时代之金陵,真是梦中之梦了。

小寒

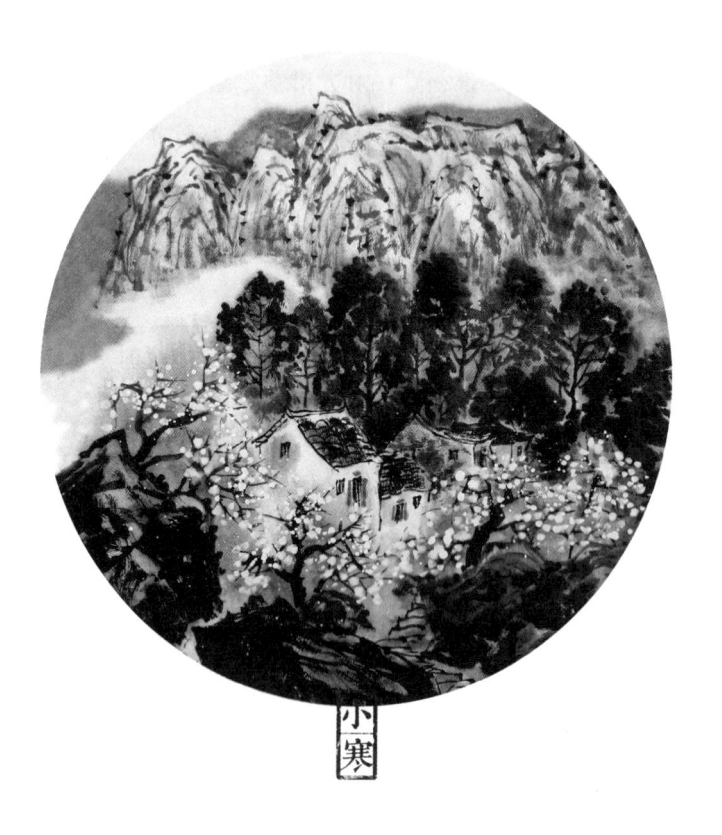

白鹿

生活温柔，
万物皆浪漫

第三部分

生活温柔且浪漫

大抵花有色则无香，有香则无色。不知是否上天造物忌全？

三十六陂春水，白头相见江南。戊戌春浓泼。

喝　茶

我不善品茶，不通茶经，更不懂什么茶道，从无两腋之下习习生风的经验。但是，数十年来，喝过不少茶，北平的双窨、天津的大叶、西湖的龙井、六安的瓜片、四川的沱茶、云南的普洱、洞庭湖的君山茶、武夷山的岩茶，甚至不登大雅之堂的茶叶梗与满天星随壶净的高末儿，都尝试过。茶是我们中国人的饮料，口干解渴，惟茶是尚。茶字，形近于荼，声近于槚，来源甚古，流传海外，凡是有中国人的地方就有茶。人无贵贱，谁都有份，上焉者细啜名种，下焉者牛饮茶汤，甚至路边埂畔还有人奉茶。北人早起，路上相逢，辄问讯"喝茶未？"茶是开门七件事之一，乃人生必需品。

孩提时，屋里有一把大茶壶，坐在一个有棉衬垫的藤箱里，相当保温，要喝茶自己斟。我们用的是绿豆碗，这种碗大号的是饭碗，小号的是茶碗，作绿豆色，粗糙耐用，当然和宋瓷不能比，和江西瓷不能比，和洋瓷也不能比，可是有一股朴实厚重的风貌，现在这种碗早已绝迹，我很怀念。这种碗打破了不值几文钱，脑勺子上也不至于挨巴掌。银托白瓷小盖碗是祖父母专用的，我们看着并不羡慕。看那小小的一盏，两口就喝光，泡两三回就得换茶叶，多麻烦。如今盖碗很少见了，除非是到台北故宫博物院拜会蒋院长，他那大客厅里总是会端出盖碗茶敬客。再不就是在电视剧中也常看见有盖碗茶。如今，我们此地见到的盖碗，多半是近年来本地制造的"万寿无疆"的那种样式，瓷厚了一些；日本制的盖碗，样式微有不同，总觉得有些怪怪的。近有人回大陆，顺便探视我的旧居，带来我三十多年前天天使用的一只瓷盖碗，原是十二套，只剩此一套了，碗沿还有一点磕损，睹此旧物，勾起往日的心情，不禁黯然。盖碗究竟是最好的茶具。

茶叶品种繁多，各有擅场。有友来自徽州，同学清华，徽州产茶胜地，但是他看到我用一撮茶叶放在壶里沏茶，表示惊讶，因为他只知道茶叶是烘干打包捆载上船沿江运到沪杭求售，剩下来的茶梗才是家人饮用之物。恰如北人所谓"卖席的睡凉炕"。我平素喝茶，不是香片就是龙井，多次到大栅栏东鸿记或西鸿记去买茶叶，在柜台前面一站，徒弟搬来凳子让坐，看伙计称茶叶，分成若干小包，包得见棱见角，那份手艺只有药铺伙计可以媲美。茉莉花窨过的茶叶，临卖的时候再抓一把鲜茉莉花放在表面上，所以叫做双窨。于是茶店里经常是茶香花香，郁郁菲菲。父执有名玉贵者，旗人，精于饮馔，居恒以一半香片一半龙井混合沏之，有香片之浓馥，兼龙井之苦清。吾家效而行之，无不称善。茶以人名，乃径呼此茶为"玉贵"，私家秘传，外人无由得知。

其实，清茶最为风雅。抗战前造访知堂老人于苦茶庵，主客相对总是有清茶一盅，淡淡的、涩涩的、绿绿的。我曾屡侍先君游西子湖，从不忘记品尝当地的龙井，不需要攀登南高峰风篁岭，近处平湖秋月就有上好的龙井茶，开水现冲，风味绝佳。茶后进藕粉一碗，四美俱矣。正是"穿牖而来，夏日清风冬日日；卷帘相见，前山明月后山山"。有朋自六安来，贻我瓜片少许，叶大而绿，饮之有荒野的气息扑鼻。其中西瓜茶一种，真有西瓜风味。我曾过洞庭，舟泊岳阳楼下，购得君山茶一盒。沸水沏之，每片茶叶均如针状直立漂浮，良久始舒展下沉，品味清香不俗。

初来台湾，粗茶淡饭，颇想倾阮囊之所有在饮茶一端偶作豪华之享受。一日过某茶店，索上好龙井，店主将我上下打量，取八元一斤之茶叶以应，余示不满，乃更以十二元者奉上，余仍不满，店主勃然色变，厉声曰："买东西，看货色，不能专以价钱定上下。提高价格，自欺欺人耳！先生奈何不察？"我爱其憨直。现在此茶店门庭若市，已成为业中之翘楚。此后我饮茶，但论品位，不问价钱。

茶之以浓酽胜者莫过于功夫茶。《潮嘉风月记》说功夫茶要细炭初沸连壶带碗泼浇，斟而细呷之，气味芳烈，较嚼梅花更为清绝。我没嚼过梅花，不过我旅居青岛时有一位潮州澄海朋友，每次聚饮酩酊，辄相偕走访一潮州帮巨商于其店肆。肆后有密室，烟具、茶具均极考究，小壶小盅有如玩具。更有娈婉丱童伺候煮茶、烧烟，因此经常饱吃功夫茶，诸如铁观音、大红袍，吃了之后还携带几匣回家。不知是否故弄玄虚，谓炉火与茶具相距以七步为度，沸水之温度方合标准。举小盅而饮之，若饮罢径自返盅于盘，则主人不悦，须举盅至鼻头猛嗅两下。这茶最有解酒之功，如嚼橄榄，舌根微涩，数巡之后，好像是越喝越渴，欲罢不能。喝功夫茶，要有工夫，细呷细品，要有设备，要人服侍，如今乱糟糟的社会里谁有那么多的工夫？红泥小火炉哪里去找？伺候茶汤的人更无论矣。普洱茶，漆黑一团，据说也有绿色者，泡烹出来黑不溜秋，粤人喜之。在北平，我只在正阳楼看人吃烤肉，吃得口滑肚子膨脖不得动弹，才高呼堂倌泡普洱茶。四川的沱茶亦不恶，惟一般茶馆应市者非上品。台湾的乌龙，名震中外，大量生产，佳者不易得。处处标榜冻顶，事实上哪里有那么多的冻顶？

喝茶，喝好茶，往事如烟。提起喝茶的艺术，现在好像谈不到了，不提也罢。

饮　　酒

酒实在很妙。几杯落肚之后就会觉得飘飘然、醺醺然。平素道貌岸然的人，也会绽出笑脸；一向沉默寡言的人，也会议论风生。再灌下几杯之后，所有的苦闷烦恼全都忘了，酒酣耳热，只觉得意气飞扬，不可一世，若不及时知止，可就难免玉山颓欹，剔吐纵横，甚至撒疯骂座，以及种种的酒失酒过全部的呈现出来。莎士比亚的《暴风雨》里的卡力班，那个象征原始人的怪物，初尝酒味，觉得妙不可言，以为把酒给他喝的那个人是自天而降，以为酒是甘露琼浆，不是人间所有物。美洲印第安人初与白人接触，就是被酒所倾倒，往往不惜举土地界人以换一些酒浆。印第安人的衰灭，至少一部分是由于他们的荒腆于酒。

我们中国人饮酒，历史久远。发明酒者，一说是仪狄，又说是杜康。仪逖夏朝人，杜康周朝人，相距很远，总之是无可稽考。也许制酿的原料不同、方法不同，所以仪逖的酒未必就是杜康的酒。《尚书》有《酒诰》之篇，谆谆以酒为戒，一再的说"祀兹酒"（停止这样的喝酒），"无彝酒"（勿常饮酒），想见古人饮酒早已相习成风，而且到了"大乱丧德"的地步。三代以上的事多不可考，不过从汉起就有酒榷之说，以后各代因之，都是课税以裕国帑，并没有寓禁于征的意思。酒很难禁绝，美国一九二〇年起实施酒禁，雷厉风行，依然到处都有酒喝。当时笔者道出纽约，有一天友人邀我食于某中国餐馆，入门直趋后室，索五加皮，开怀畅饮。忽警察闯入，友人止予勿惊。这位警察徐徐就座，解手枪，铿然置于桌上，索五加皮独酌，不久即伏案酣睡。一九三三年酒禁废，直如一场儿戏。民之所好，非政令所能强制。在我们中国，汉萧何造律："三人以上无故群饮，罚金四两。"此律不曾彻底实行。事实上，酒楼妓馆处处笙歌，无时不飞觞醉月。文人雅士水边修禊，山上登高，一向离不开酒。名士风流，以为持螯把酒，便足了一生，甚至于酗饮无度，扬言"死便埋我"，好像大量饮酒不是什么不很体面的事，真所谓"酗于酒德"。

对于酒，我有过多年的体验。第一次醉是在六岁的时候，侍先君饭于致美斋（北平煤市街路西）楼上雅座，窗外有一棵不知名的大叶树，随时簌簌作响。连喝几盅之后，微有醉意，先君禁我再喝，我一声不响站立在椅子上舀了一匙高汤，泼在他的一件两截衫上。随后我就倒在旁边的小木炕上呼呼大睡。回家之后才醒。我的父母都喜欢酒，所以我一直都有喝酒的机会。"酒有别肠，不必长大"，语见《十国春秋》，意思是说酒量的大小与身体的大小不必成正比例，壮健者未必能饮，瘦小者也许能鲸吸。我小时候就是瘦弱如一根绿豆芽。酒量是可以慢慢磨练出来的，不过有其极限。我的酒量不大，我也没有亲见过一般人所艳称的那种所谓海量。古代传说"文王饮酒千盅，孔子百觚"，王充《论衡·语增篇》就大加驳斥，他说："文王之身如防风之君，孔子之体如长狄之人，乃能堪之。"且"文王孔子率礼之人也"，何至于醉酗乱身？就我孤陋的见闻所及，无论是"青州从事"或"平原督邮"，大抵白酒一斤或黄酒三五斤即足以令任何人头昏目眩粘牙倒齿。惟酒无量，以不及于乱为度，看各人自制力如何耳。不为酒困，便是高手。

酒不能解忧，只是令人在由兴奋到麻醉的过程中暂时忘怀一切。即刘伶所谓"无息无虑，其乐陶陶"。可是酒醒之后，所谓"忧心如酲"，那份病酒的滋味很不好受，所付代价也不算小。我在青岛居住的时候，那地方背山面海，风景如绘，在很多人心目中是最理想的卜居之所，惟一缺憾是很少文化背景，没有古迹耐人寻味，也没有适当的娱乐。看山观海，久了也会腻烦，于是呼朋聚饮，三日一小饮，五日一大宴，豁拳行令，三十斤花雕一坛，一夕而罄。七名酒徒加上一位女史，正好八仙之数，乃自命为酒中八仙。有时且结伙远征，近则济南，远则南京、北京，不自谦抑，狂言"酒压胶济一带，拳打南北二京"，高自期许，俨然豪气干云的样子。当时作践了身体，这笔账日后要算。一日，胡适之先生过青岛小憩，在宴席上看到八仙过海的盛况大吃一惊，急忙取出他太太给他的一个金戒指，上面镌有"戒"字，戴在手上，表示免战。过后不久，胡先生就写信给我说："看你们喝酒的样子，就知道青岛不宜久居，还是到北京来吧！"我就到北京去了。现在回想当年酗酒，哪里算得是勇，直是狂。

酒能削弱人的自制力，所以有人酒后狂笑不置，也有人痛哭不已，更有人口吐洋语滔滔不绝，也许会把平素不敢告人之事吐露一二，甚至把别人的阴私而当众抖露出来。最令人难堪的是强人饮酒，或单挑，或围剿，或投下井之石，千方百计要把别人灌醉，有人诉诸武力，捏着人家的鼻子灌酒！这也许是人类长久压抑下的一部分兽性之发泄，企图获取胜利的满足，比拿起石棒给人迎头一击要文明一些而已。那咄咄逼人的声嘶力竭的豁拳，在赢拳的时候，那一声拖长了的绝叫，也是表示内心的一种满足。在别处得不到满足，就让他们在聚饮的时候如愿以偿吧！只是这种闹饮，以在有隔音设备的房间里举行为宜，免得侵扰他人。

《菜根谭》所谓"花看半开，酒饮微醺"的趣味，才是最令人低徊的境界。

吸 烟

烟，也就是菸，译音曰淡巴菰。这种毒草，原产于中南美洲，遍传世界各地。到明朝，才传进中土。利马窦在明万历年间以鼻烟入贡，后来鼻烟就风靡了朝野。在欧洲，鼻烟是放在精美的小盒里，随身携带。吸时，以指端蘸鼻烟少许，向鼻孔一抹，猛吸之，怡然自得。我幼时常见我祖父辈的朋友不时的在鼻孔处抹鼻烟，抹得鼻孔和上唇都染上焦黄的颜色。据说能明目祛疾，谁知道？我祖父不吸鼻烟，可是备有"十三太保"，十二个小瓶环绕一个大瓶，瓶口紧包着一块黄褐色的布。各瓶品味不同，放在一个圆盘里，捧献在客人面前。我们中国人比欧人考究，随身携带鼻烟壶，玉的、翠的、玛瑙的、水晶的，精雕细镂，形状百出。有的山水图画是从透明的壶里面画的，真是鬼斧神工，不知是如何下笔的。壶有盖，盖下有小勺匙，以勺匙取鼻烟置一小玉垫上，然后用指端蘸而吸之。我家藏鼻烟壶数十，丧乱中只带出了一个翡翠盖的白玉壶，里面还存了小半壶鼻烟，百余年后，烈味未除，试嗅一小勺，立刻连打喷嚏不能止。

我祖父抽旱烟，一尺多长的烟管，翡翠的烟嘴，白铜的烟袋锅（烟袋锅子是塾师敲打学生脑壳的利器，有过经验的人不会忘记），著名的关东烟的烟叶子贮在一个绣花的红缎子葫芦形的荷包里。有些旱烟管四五尺长，若要点燃烟袋锅子里的烟草，则人非长臂猿，相当吃力，一时无人伺候则只好自己划一根火柴插在烟袋锅里，然后急速掉过头来抽吸。普通的旱烟管不那样长，那样长的不容易清洗。烟袋锅子里积的烟油，常用以塞进壁虎的嘴巴置之于死。

我祖母抽水烟。水烟袋仿自阿拉伯人的水烟筒（hookah），不过我们中国制造的白铜水烟袋，形状乖巧得多。每天需要上下抖动的冲洗，呱哒呱哒的响。有一种特制的烟丝，兰州产，比较柔软。用表心纸揉纸媒儿，常是动员大人孩子一齐动手，成为一种乐事。经常保持一两只水烟袋作敬客之用。我记得每逢家里有病人，延请名医周立桐来看病，这位飘着胡须的老者总是昂首登堂直就后炕的上座，这时候送上盖碗茶和水烟袋，老人拿起水烟袋，装上烟草，突的一声吹燃了纸媒儿，呼噜呼噜抽上三两口，然后抽出烟袋管，把里面燃过的烟烬吹落在他的手心里，再投入面前的痰盂，而且投得准。这一套手法干净利落。抽过三五袋之后，呷一口茶，才开始说话："怎么？又是哪一位不舒服啦？"每次如此，活龙活现。

我父亲是饭后照例一支雪茄，随时补充纸烟，纸烟的铁罐打开来，嘶的一声响，先在里面的纸签上写启用的日期，借以察考每日消耗数量不使过高，雪茄形似飞艇，尖端上打个洞，叼在嘴里真不雅观，可是气味芬芳。纸烟中高级者都是舶来品，中下级者如"强盗"牌在民初左右风行一时，稍后如白锡包、粉包，国产的"联珠"、"前门"等等，皆为一般人所乐用。就中以粉包为特受欢迎的一种。因其烟支之粗细松紧正合吸海洛英者打"高射炮"之用。儿童最喜欢收集纸烟包中附置的彩色画片。好像是前门牌吧，附置的画片是水浒传一百零八条好汉的画像，如有人能搜集全套，可得什么什么的奖品，一时儿童们趋之若鹜。可怜那些热心的收集者，枉费心机，等了多久多久，那位及时雨宋公明就是不肯亮相！是否有人集得全套，只有天知道了。

常言道，"烟酒不分家"，抽烟的人总是桌上放一罐烟，客来则敬烟，这是最起码的礼貌。可是到了抗战时期，这情形稍有改变。在后方，物资艰难，只有特殊人物才能从怀里掏出"幸运"、"骆驼"、"三五"、"毛利斯"在侪辈面前炫耀一番，只有豪门仕女才能双指夹着一支细长的红嘴的"法蒂玛"忸怩作态。一般人吸的是"双喜",等而下之的便要数"狗屁牌"（Cupid）香烟了。这渎亵爱神名义的纸烟,气味如何自不待言,奇的是卷烟纸上有涂抹不匀的硝,吸的时候会像儿童玩的烟火"滴滴金",噼噼啪啪的作响、冒火星,令人吓一跳。饶是烟质不美,瘾君子还是不可一日无此君,而且通常是人各一包深藏在衣袋里面,不愿人知是何牌,要吸时便伸手入袋,暗中摸索,然后突的抽出一支,点燃之后自得其乐。一听烟放在桌上任人取吸,那种场面不可复见。直到如今,大家元气稍复,敬烟之事已很寻常,但是开放式的一罐香烟经常放在桌上,仍不多见。

我吸纸烟始自留学时期,独身在外,无人禁制,而天涯羁旅,心绪如麻,看见别人吞云吐雾,自己也就效颦起来。此后若干年,由一日一包,而一日两包,而一日一听。约在二十年前,有一天心血来潮,我想试一试自己有多少克己的力量,不妨先从戒烟做起。马克·吐温说过："戒烟是很容易的事,我一生戒过好几十次了。"我没有选择黄道吉日,也没有诹访室人,闷声不响的把剩余的纸烟,一古脑儿丢在垃圾堆里,留下烟嘴、烟斗、烟包、打火机,以后分别赠给别人,只是烟灰缸没有抛弃。"冷火鸡"的戒烟法不大好受,一时间手足失措,六神无主,但是工作实在太忙,要发烟瘾没得工夫,实在熬不过就吃一块巧克力。巧克力尚未吃完一盒,又实在腻胃,于是把巧克力也戒掉了。说来惭愧,我戒烟只此一遭,以后一直没有再戒过。

吸烟无益，可是很多人都说："不为无益之事，何以遣有涯之生？"而且无益之事有很多是有甚于吸烟者，所以吸烟或不吸烟，应由各人自行权衡决定。有一个人吸烟，不知是为特技表演，还是为节省买烟钱，经常猛吸一口咽烟下肚，绝不污染体外的空气，过了几年此人染了肺癌。我吸了几十年的烟，最后才改吸不花钱的新鲜空气。如果在公共场所遇到有人口里冒烟，甚或直向我的面前喷射毒雾，我便退避三舍，心里暗自咒诅："我过去就是这副讨人嫌恶的样子！"

最合适的花香
一朵就够

饭前祈祷

读过查尔斯·兰姆那篇《饭前祈祷》小品文的人，一定会有许多感触。六十年前我在美国科罗拉多泉念书的时候，和闻一多在瓦萨赤街一个美国人家各赁一间房屋。房东太太密契尔夫人是典型的美国主妇，肥胖、笑容满面、一团和气，大约有六十岁左右，但是很硬朗，整天操作家务，主要的是主中馈，好像身上永远系着一条围裙，头戴一顶荷叶边的纱帽。房东先生是报馆排字工人，昼伏夜出，我在圣诞节才得和他首次晤面。他们有三个女儿，大女儿陶乐赛已进大学，二女儿葛楚德念高中，小女儿卡赛尚在小学，他们一家五口加上我们两个房客，七个嘴巴都要由密契尔夫人负责喂饱，而且一日三餐，一顿也少不得。房东先生因为作息时间和我们不同，永不在饭桌上和我们同时出现。每顿饭由三个女孩摆桌上菜，房东太太在厨房掌勺,看看大家都已就位,她就急忙由厨房溜出来,抓下那顶纱帽,坐在主妇位上,低下头做饭前祈祷。

我起初对这种祈祷不大习惯。心想我每月付你四五十元房租,包括膳食在内,我每月公费八十元,多半付给你了,吃饭的时候还要做什么祈祷?感恩么?感谁的恩?感上帝赐面包的恩么?谁说面包是他所赐?……后来我想想,入乡随俗,好在那祈祷很短,嘟嘟囔囔的说几句话,也听不清楚说什么。有时候好像是背诵那滚瓜烂熟的"主祷文",但是其中只有一句与吃有关:"赐给我们每天所需的面包。"如果这"每天"是指今天,则今天的吃食已经摆在桌上了,还祈祷什么?如果"每天"是指明天,则吃了这顿想那顿,未免想得远了些。若是表示感恩,则其中又没有感激的话语。尤其是,这饭前祈祷没有多少宗教气息,好像具文。我偷眼看去,房东太太闭着眼低着头,口中念念有词,大女儿陶乐赛也还能聚精会神,卡赛则常扮鬼脸逗葛楚德,葛楚德用肘撞卡赛。我和一多面面相觑,不知所措。

兰姆说得不错。珍馐罗列案上,令人流涎三尺,食欲大振,只想一番饕餮,全无宗教情绪,此时最不宜祈祷。倒是维持生存的简单食物,得来不易,于庆幸之余不由的要感谢上苍。我另有一种想法,尤其是在密契尔夫人家吃饭的那一阵子,我们的胃习惯于大碗饭、大碗面,对于那轻描淡写的西餐只能感到六七分饱。家常便饭没有又厚又大的煎牛排。早餐是以半个横剖的橘柑或葡萄柚开始,用茶匙挖食其果肉,再不就是薄薄一片西瓜,然后是一面焦的煎蛋一枚。外国人吃煎蛋不像我们吸溜一声一口吞下那个嫩蛋黄,而是用刀叉在盘里切,切得蛋黄乱流,又不好用舌去舔。两片烤面包,抹一点牛油。一杯咖啡灌下去,完了。午饭是简易便餐,两片冷面包,一点点肉菜之类。晚饭比较丰盛,可能有一盂热汤,然后不是爱尔兰炖肉,就是肉末炒番薯泥,再加上一道点心如西米布丁之类,咖啡管够。倒不是菜色不好,密契尔夫人的手艺不弱,只是数量不多,不够果腹。星期日午饭有烤鸡一只,当场切割,每人分得一两片,大匙大匙的番薯泥浇上鸡油酱汁。晚饭就只有鸡骨架剥下来的碎肉烩成稠糊糊的酱,放在一片烤面包上,名曰鸡派。其他一概全免。若是到了感恩节或是圣诞节,则卡赛出出进进的报喜:"今天有火鸡大餐!"所谓火鸡,肉粗味淡,火鸡肚子里面塞的一坨一坨黏糊糊的也不知是什么东西。一多和我时常踱到街上补充一个汉堡肉饼或热狗之类。在这种情形下,饭前祈祷对于我没有什么太大的意义,就是饭后祈祷恐也不免带有怨声,而不可能完全是谢主的恩典。

我小时候,母亲告诉我,碗里不可留剩饭粒,饭粒也不可落在桌上地上,否则将来会娶麻脸媳妇。这个威吓很能生效,真怕将来床头人是麻子。稍长,父亲教我们读李绅《悯农》诗:

"锄禾日当午，汗滴禾下土，谁知盘中餐，粒粒皆辛苦。"因此更不敢糟蹋粮食。对于农民老早的就起了感激之意。养猪养鸡的、捕鱼捕虾的，也同样的为我服务，我凭什么白白的受人供养？吃得越好，越惶恐，如果我在举箸之前要做祈祷，我要为那些胼手胝足为大家生产食粮、供应食物的人祈福。

如今我每逢有美味的饮食可以享受的时候，首先令我怀想的是我的双亲。我父亲对于饮膳非常注意，尤嗜冷饮，酸梅汤要冰镇得透心凉，山里红汤微带冰碴儿，酸枣汤、樱桃水……等等都要冰得入口打哆嗦。可惜我没来得及置备电冰箱，先君就弃养了。我母亲爱吃火腿、香蕈、蚶子、蛏干、笋尖、山核桃之类的所谓南货，我好后悔没有尽力供养。美食当前，辄兴风木之思，也许这些感受可以代替所谓饭前祈祷了吧？

群芳小记

"老子爱花成癖",这话我不敢说。爱花则有之,成癖则谈何容易。需要有一块良好的场地,有一间宽敞的温室,有各种应用的器材。更重要的是有健壮的体格,和充分的闲暇。我何足以语此。好不容易我有了余力,有了闲暇,但是曾几何时,人垂垂老矣!两臂乏力,腰不能弯,腿不能蹲。如何能够剪草、搬盆、施肥、换土?请一位园丁,几天来一次,只能帮做一点粗重的活。而且花是要自己亲手培养,看着它抽芽放蕊,才有趣味。像鲁迅所描写的"吐两口血,扶着丫鬟,到阶前看秋海棠",那能算是享受么?

迁台以来,几度播迁,看到了不少可爱的花。但是我经过多少次的移徙,"乔迁"上了高楼,竟没有立锥之地可资利用,种树莳花之事乃成为不可能。无已,只好寄情于盆栽。幸而菁清爱花有甚于我者,她拓展阳台安设铁架,常不惜长途奔走载运花盆、肥土,戴上手套做园艺至于忘寝废食。如今天晴日丽,我们的窗前绿意盎然。尤其是她培植的"君子兰"由一盆分为十余盆,绿叶黄花,葳蕤多姿。我常想起黄山谷的句子:"白发黄花相牵挽,付与时人冷眼看。"

菁清喜欢和我共同赏花,并且要我讲述一些有关花木的见闻,爰就记忆所及,拉杂记之。

一 海棠

海棠的风姿艳质,于群芳之中颇为突出。

我第一次看到繁盛缤纷的海棠是在青岛的第一公园。二十年春,值公园中樱花盛开,夹道的繁花如簇,交叉蔽日,蜜蜂嗡嗡之声盈耳,游人如织。我以为樱花无色无香,纵然蔚为雪海,亦无甚足观,只是以多取胜。徘徊片刻,乃转去苗圃,看到一排排西府海棠,高及丈许,而花枝招展,绿鬓朱颜,正在风情万种、春色撩人的阶段,令人有忽逢绝艳之感。

海棠的品种繁多,以"西府"为最胜,其姿态在"贴梗""垂丝"之上。最妙处是每一花苞红得像胭脂球,配以细长的花茎,斜欹挺出而微微下垂,三五成簇。凡是花,若是紧贴在梗上，便无姿态，例如茶花，好的品种都是花朵挺出的。樱花之所以无姿态，便是因为无花茎。榆叶梅之类更是品斯下矣。海棠花苞最艳，开放之后花瓣的正面是粉红色，背面仍是深红，俯仰错落，秾淡有致。海棠的叶子也陪衬得好，嫩绿光亮而细致。给人整个的印象是娇小艳丽。我立在那一排排的西府海棠前面，良久不忍离去。

十余年后我才有机会在北平寓中垂花门前种植四棵西府海棠，着意培植，春来枝枝花发，朝夕品赏，成为毕生快事之一。明初诗人袁士元《和刘德彝海棠诗》有句云："主人爱花如爱珠，春风庭院如画图。"似此古往今来，同嗜者不在少。两蜀花木素盛，海棠尤为著名。昌州（今大足区）且有"海棠香国"之称。但是杜工部经营草堂，广栽花木，独不及海棠，诗中亦不加吟咏，或谓避母讳，不知是否有据。唐诗人郑谷《蜀中赏海棠》诗云："浓淡芳春满蜀乡，半随风雨断莺肠，浣花溪上堪惆怅，子美无心为发扬。"其言若有憾焉。

以海棠与美人春睡相比拟，真是联想力的极致。《唐书·杨贵妃传》："明皇登沉香亭，召杨妃，妃被酒新起，命力士从侍儿扶掖而至。明皇笑曰：'此真海棠睡未足耶？'"大概是海棠的那副懒洋洋的娇艳之状像是美人春睡初起。究竟是海棠像美人，还是美人像海棠，倒是一个有趣的问题。苏东坡一首《海棠》诗有句云："林深雾暗晓光迟，日暖风轻春睡足。"是把海棠比作美人。

秦少游对于海棠特别感兴趣。宋释惠洪《冷斋夜话》："少游在横州，饮于海棠桥，桥南北多海棠，有老书生家于海棠丛间。少游醉宿于此，明日题其柱云：'唤起一声人悄，衾暖梦寒窗晓。瘴雨过，海棠开，春色又添多少？社瓮酿成微笑，半破瘿瓢共舀。觉倾倒，急投床，醉乡广大人间小。'"家于海棠丛中，多么风流！少游醉后题词，又是多么潇洒！少游家中想必也广植海棠，因为同为苏门四学士的晁补之有一首《喜朝天》，注"秦宅海棠作"，有句云："碎锦繁绣，更柔柯映碧，纤擿匀殷。谁与将红间白。采薰笼，仙衣覆斑斓。如有意，浓妆淡抹，斜倚栏干。"刻画得淋漓尽致。

二 含笑

白朴的曲子《广东原》有这样的一句："忘忧草，含笑花，劝君闻早宜冠挂。"以"忘忧草"（即萱草）与"含笑花"作对，很有意思。大概是语出欧阳修《归田录》："丁晋公在海南，篇咏尤多，如：'草解忘忧忧底事，花名含笑笑何人？'尤为人所传诵。"含笑花是什么样子，我从未见过，因为它是南方花木，北地所无。

我来到台湾之后十年，开始经营小筑，花匠为我在庭园里栽了一棵含笑。是一人来高的灌木，叶小枝多，毫无殊相。可是枝上有累累的褐色花苞，慢慢长大，长到像莲实一样大，颜色变得淡黄，在燠热湿蒸的天气中，突然绽开。不是突然展瓣，是花苞突然裂开小缝，像是美人的樱唇微绽，一缕浓烈的香气荡漾而出。所以名为含笑。那香气带着甜味，英文俗名称之为"香蕉灌木"（banana shrub），名虽不雅，确是贴切。宋人陈善《扪虱新话》："含笑有大小，小含笑香尤酷烈。四时有花，惟夏中最盛。又有紫含笑、茉莉含笑。皆以日夕入稍阴则花开。初开香尤扑鼻。予山居无事，每晚凉坐山亭中，忽闻香风一阵，满室郁然，知是含笑开矣。"所记是实。含笑易谢，不待隔日即花瓣敞张，露出棕色花心，香气亦随之散尽，落花狼藉满地。但是翌日又有一批花苞绽开，如是持续很久。淫雨之后，花根积水，遂渐呈枯零之态。急为垫高地基，盖以肥土，以利排水，不久又欣欣向荣，花苞怒放了。

大抵花有色则无香，有香则无色。不知是否上天造物忌全？含笑异香袭人，而了无姿色，在群芳中可独树一格。宋人姚宽《西溪丛语》载"三十客"之说，品藻花之风格，其说曰："牡丹，贵客。梅，清客。李，幽客。桃，妖客。杏，艳客。莲，溪客。木樨，严客。海棠，蜀客。……含笑，佞客。……"含笑竟得"佞客"之名，殊难索解。佞有伪善或谄媚之意。含笑芬芳馥郁，何佞之有？我对于含笑特有一份好感，因为本地人喜欢采择未放的含笑花苞，浸以净水，供奉在亡亲灵前或佛龛案上，一瓣心香，情意深远，美极了。有一位送货工友，在我门外就嗅到含笑香，向我乞讨数朵，问以何用，答称新近丧母，欲以献在灵前，我大为感动，不禁鼻酸。

三　牡丹

牡丹不是我国特产，好像是传自西方。隋唐以来，始盛播于中土，朝野为之风靡。天宝中，杨贵妃在沉香亭赏木芍药，李白作《清平调词》三章，有"云想衣裳花想容"之句。木芍药即牡丹。百年之后，裴度退隐，"寝疾永乐里，暮春之月，忽过游南园，令家仆童升至药栏，语曰：'我不见花而死，可悲也。'怅然而返。明早报牡丹一丛先发，公视之，三日乃薨。"是真所谓牡丹花下死。白居易为钱塘守，携酒赏牡丹，张祜题诗云："浓艳初开小药栏，人人惆怅出长安。风流却是钱塘寺，不踏红尘见牡丹。"刘禹锡赏牡丹诗："惟有牡丹真国色，花开时节动京城。"其他诗人吟咏牡丹者不计其数。

周敦颐《爱莲说》："自李唐来，世人甚爱牡丹。……牡丹花之富贵者也。……牡丹之爱宜乎众矣。"濂溪先生独爱莲，这也罢了,但是字里行间对于牡丹似有贬意。国色天香好像蒙上了羞。富贵中人和向往富贵的人当然仍是趋牡丹如鹜。许多志行高洁的人就不免要受《爱莲说》的影响,在众芳之中别有所爱而讳言牡丹了。一般人家里没有药栏,也没有盆栽的牡丹,但至少壁上可以悬挂一幅富贵花图。通常是一画就是五朵,而且颜色不同,魏紫姚黄之外再加上绛色的、粉红色的,和朱红色的。据说这表示五世其昌。五朵花都是同时在盛开怒放的姿态之中,花蕊暴露,而没有一瓣是腼腆褪色的。同时,还必须多画上几个含苞待放的蓓蕾,表示不会断子绝孙。因此牡丹益发沾染了俗气。

其实,牡丹本身不俗。花大而瓣多,色彩淡雅,黄蕊点缀其间,自有雍容丰满之态。其质地细腻,不但花瓣的纹路细致,而且厚薄适度。叶子的脉理停匀,形状色彩,亦均秀丽可观。最难得的是其近根处的木本,在泡松的木干之中抽出几根,透润的枝条,极有风致。比起芍药不可同日而语。尝看恽南田工笔画的没骨牡丹,只觉其美,不觉其俗,也许因为他不是画给俗人看的。

名花多在寺院中,除了庄严佛土,还可吸引众生前去随喜。苏东坡知杭州,就常到明庆寺吉祥寺赏牡丹,有诗为证。《雨中明庆赏牡丹》:"霏霏雨露作清妍,烁烁明灯照欲然。明日春阴花未老,故应未忍着酥煎。"末句有典故,五代后蜀有一兵部贰卿李昊，牡丹开时分赠亲友，附兴采酥，于花谢时煎食之。牡丹花瓣裹上面糊，下油煎之，也许有一股清香的味道，犹之菊花可以下火锅，不过究竟有些煞风景。北平崇孝寺的牡丹是有名的，据说也有所谓名士在那里吃油炸牡丹花瓣，饱尝异味。崂山的下清寺，有牡丹高与檐齐，可惜我几度游山不曾有一见的机会。

牡丹娇嫩，怕冷又怕热。东坡说："应笑春风木芍药，丰肌弱骨要人医。"我在故乡曾植牡丹一栏，天寒时以稻草束之，一任冰雪埋覆，来春启之施肥，使根干处通风，要灌水但是也要宜排水。届时花必盛开，似不需特别调护。在台湾亦曾参观过一次牡丹展，细小羸弱，全无妖妍之致，可能是时地不宜。

四　莲

《古乐府》："江南可采莲，莲叶何田田。"不只江南可采莲，凡是有水的地方，大概都可以有莲，除非是太寒冷的地方。"曲院风荷"是西湖十景之一。南京玄武湖里一片荷花，多少人在那里荡小舟，钻进去偷吃莲蓬。可是莲花在北方依然是常见的，济南的大明湖，北平的什刹海，都是暑日菡萏敷披风送荷香的胜地，而北海靠近金鳌玉蛛一带的荷芰，在炎夏时候更是青年男女闹舡寻幽谈爱的好地方。

初来台湾,一日忽动乡思,想吃一碗荷叶粥,而荷叶不可得。市内公园池塘内有莲花,那是睡莲,非我所欲。后来看到植物园里有一相当大的荷塘,近边处的花和叶都已被人摧折殆尽。有一天作郊游,看见稻田中居然有一塘荷花,停身觅主人请购荷叶,主人不肯收资,举以相赠。回家煮粥,俟熟乘沸以荷叶盖在上面,少顷粥现淡绿色,有香气扑鼻。多余的荷叶弃之可惜,实以米粉肉,裹而蒸之,亦有情趣。其实这也是类似莼鲈之想,慰情聊胜于无而已。

小时家里种了好几大盆荷花。春水既泮,便从温室取出置阳光下,截除烂根细藕,换泥加水,施特殊肥料(车厂出售之修马掌骡掌的角质碎片)。到了夏初,则荷叶突出,荷花挺现,不及池塘里的高大,但亦丰腴可喜。清晨露尚未晞,露珠在荷叶上滚来滚去。静看荷花展瓣,瓣上有细致的纹路,花心露出淡黄的花蕊和秀嫩的莲房,有说不出的一股纯洁之致。而微风过处,茎细而圆大的荷叶,微微摇晃,婀娜多姿,尤为动人。陈造《早夏》诗:"凉荷高叶碧田田。"画家写风竹,枝叶披拂,令人如闻风飕飕声,但我尚未见有人画出饶有动态的风荷。

先君甚爱种荷。晨起辄裴回荷盆间,计数其当日开放之花朵,低吟曼唱,自得其乐。记得有一次折下一枝半开的红莲插入一只仿古蟹爪纹细长素白的胆瓶里，送到书房几上。塾师援笔在瓶上写了"出淤泥而不染，濯清涟而不妖"几个大字，犹如俗匠在白瓷茶壶上题"一片冰心"一般。"花如解语还多事"，何况是陈腐的题句？欲其雅，适得其反。

近闻有人提议定莲花为花莲的县花。这显然是效法美国人之所谓"州花"。广植莲花，未尝不好，锡以封号，似可不必。

五　辛夷

辛夷，属木兰科，名称很多，一名新雉，又名木笔，因其花未开时形如毛笔。又名侯桃，因其花苞如小桃，有茸毛。辛夷南北皆有之。王维辋川别墅中即有一处名辛夷坞，有诗为证："木末芙蓉花，山中发红萼。涧户寂无人，纷纷开且落。"北平颐和园的正殿之前有两棵辛夷，花开极盛，但我一向不曾在花时游览，仅于画谱中略识其面貌。蜀中花事凤盛，大街小巷辄有花户设摊贩花。二十八年春，我在重庆，一日踱出中国旅行社招待所，于路隅花摊购得辛夷一大枝，花苞累累有百数十朵，有如叉枝繁多之蜡烛台，向逆旅主人乞得大花瓶一只，注满清水，插花入瓶，置于梳妆台上，台三面有镜，回光交映，一室生春。

辛夷有紫红、纯白两种，纯白者才是名副其实的木笔。而且真像是毛笔头，溜尖溜尖的一个个的笔直的矗立在枝上。细小者如小楷兔毫，稍大者如寸楷羊毫，更大者如小型羊毫抓笔。著花时不生叶，赭色枝头遍插白笔头，纯洁无疵，蔚为奇观。花开六瓣，瓣厚而实，晨展而夕收，插瓶六七日始谢尽。北碚后山公园有辛夷数十本，高约二丈，红白相间，非常绚烂，我于偕友登小丘时无意中发现之。其处鲜有人去观赏，花开花谢，狼藉委地，没有人管。

美国西雅图市，家家户前芳草如茵，莳花种树，一若争奇斗艳。于篱落间偶然亦可见有辛夷杂于其内。率皆修剪其枝干不令过高。我的寄寓之所，院内也有一棵，而且是不落叶的那一种，一年四季都有绿叶，花开时也有绿叶扶持。比较难于培植，但是花香特别浓郁。有一次我发现一只肥肥大大的蜜蜂卧在花心旁边，近视之则早已僵死。杜工部句："不是爱花即欲死，只恐花尽老相催。"这只蜜蜂莫非是爱花即欲死？

来到台湾，我尚未见过辛夷。

六　水仙

岁朝清供，少不得水仙。记得小时候，一到新春，家人就把大大小小的瓷钵搬了出来,连同里面盛着的小圆石子一起洗刷干净,然后一钵钵的把水仙的鳞茎栽植其中,用石子稳定其根须,注以清水,置诸案头。那些小圆石子,色洁白,或椭圆,或略扁,或大或小,据说是产自南京的雨花台。多少年下来,雨花台的石子被人捡光了,所以家藏的几钵石子就很宝贵。好像比水仙还更被珍惜。为了点缀色彩,石子中间还洒上一些碎珊瑚,红白相间,别有情趣。

水仙一花六瓣,作白色,花心副瓣,作黄色,宛然盏样,故有"金盏银台"之称。它怕冷,它要阳光。我们把它放在窗内有阳光处去晒它,它很快的展瓣盛开。天天搬来搬去,天天换水,要小心的伺候它。它有袭人的幽香,它有淡雅的风致。虽是多年生草本,但北地苦寒难以过冬,不数日花开花谢,只得委弃。盛产水仙之地在闽南,其地有专家培植修割,及春则运销各地供人欣赏。英国十七世纪诗人赫立克(Herrick)看了水仙(Narcissus),辄有春光易老之叹。他说:

> 人生苦短,和你一样,
> 我们的春天一样的短;
> 很快的长成,面临死亡,
> 和你,和一切,没有两般。
>
> (We have short time to stay, as you,

We have as short a spring;

As quick a growth to meet decay,

As you, or anything.）

西方的水仙，和我们的品种略异，形色完全一样，而花朵特大，惟香气则远逊。他们不在盆里供养，而是在湖边泽地任其一大片一大片的自由滋生。诗人华次渥兹有一首名诗《我孤独的漂荡像一朵云》，歌咏的就是水边瞥见成千成万朵的水仙花，迎风招展，引发诗人一片欢愉之情而不能自已，而他最大的快乐是日后寂寞之时回想当时情景益觉趣味无穷。我没有到过英国的湖区，但是我在美洲若干公园里看见过成片的水仙，仿佛可以领略到华次渥兹当年的感受。不过西方人喜欢看大片的花丛，我们的文人雅士则宁可一株、一枝、一花、一叶的细细观赏，山谷所云"坐对真成被花恼"，情调完全不同。（《离骚》"既滋兰之九畹兮，又树蕙之百亩"，我想是想像之辞，不可能真有其事。）

在台湾，几乎家家户户有水仙点缀春景。植水仙之器皿，花样翻新，奇形怪状，似不如旧时瓷钵之古朴可爱，至于粗糙碎石块代替小圆石，那就更无足论了。

七　丁香

提起丁香，就想起杜甫一首小诗：

> 丁香体柔弱，乱结枝犹垫。
> 细叶带浮毛，疏花披素艳。
> 深栽小斋后，庶近幽人占。
> 晚堕兰麝中，休怀粉身念。

这是他的《江头五咏》之一，见到江畔丁香发此咏叹。时在宝应元年。诗中的"垫"字费解。仇注根据《说文》："垫，下也。凡物之下坠皆可云垫。"好像是说丁香枝弱，故此下坠。施鸿保《读杜诗说》："下堕义，与犹字不合。今人常语衬垫，若训作衬，则谓子结枝上，犹衬垫也。"施说有见。末两句意义嫌晦，大概是说丁香可制为香料，与兰麝同一归宿，未可视为粉身碎骨之厄。仇注认为是寓意"身名骤于脱节"，《杜臆》亦谓"公之咏物，俱有为而发，非就物赋物者。……丁香体虽柔弱，气却馨香，终与兰麝为偶，虽粉身甘之，此守死善道者"，似皆失之迂。

丁香结就是丁香蕾，形如钉，长三四分，故云丁香。北地俗人以为"丁"、"钉"同音，出出入入的碰钉子，不吉利，所以正院堂前很少种丁香，只合"深栽小斋后"了。二十四年春我在北平寓所西跨院里种了四棵紫丁香。"白菡萏香，紫丁香肥。"丁香要紫的。起初只有三四尺高。十年后重来旧居，四棵高大的丁香打成一片，一半翻过了墙垂到邻家，一半斜坠下来挡住了我从卧室走到书房的路。这跨院是我的小天地，除了一条铺砖的路和一个石几两个石墩之外，本来别无长物，如今三分之二的空间付与了丁香。春暖花开的时候招蜂引蝶，满院香气四溢，尽是营营嗡嗡之声。又隔三十年，现在丁香如果无恙，不知谁是赏花人了。

八　兰

兰花品种繁多。所谓洋兰（卡特丽亚），顾名思义是外国来的品种，尽管花朵大，色彩鲜艳，我总觉得我们应该视如外宾，不但不可亵玩，而且不耐长久观赏。我们看一朵花，还要顾及他在我们文化历史上的渊源，这样才能引起较深的情愫。看花要如遇故人，多少旧事一齐兜上心来。在台湾，洋兰却大得其道，花展中姹紫嫣红大半是洋兰的天下，态浓意远的丽人出入

"贵宾室"中，衣襟上佩戴的也多半是洋兰。我喜欢品赏的是我们中国的兰。

我是北方人，小时不曾见过兰。只从芥子园画谱上学得东一撇西一撇的画成为一个凤眼，然后再加一笔破凤眼。稍长，友人从福建捧着一盆兰花到北平，不但真的是捧着，而且给兰花特制一个木条笼子，避免沿途磕碰。我这才真个的见到了兰，素心兰。这个名字就雅，令人想起陶诗的句子："闻多素心人，乐与数晨夕。"花心是素的，花瓣也是素的，素白之中微泛一点绿意。面对素心兰，不禁联想到"弱不好弄，长实素心"的高士。兰的香味不是馥郁，是若有若无的缕缕幽香。讲到品格，兰的地位极高。我们常说"桂馥兰熏"，其实桂香太甜太浓，尚不能与兰相比。

来到台湾，我大开眼界。友人中颇有几位善于艺兰，所以我的窗前几上，有时候叨光也居然兰蕊驰馨。尝有客款扉，足尚未入户，就大叫起来："君家有素心兰耶？"这位朋友也是素心人，我后来给他送去一盆素心兰。我所有的几盆兰，不数年分植为数十盆，乃于后院墙角搭起一丈见方的小棚，用疏隔的竹篾遮覆以避骄阳直晒，竹篾上面加铺玻璃以防淫雨，因此还召致了"违章律筑"的罪名，几乎被报请拆除。竹篾上的玻璃引起了墙外行人的注意，不久就有半大不小的各色人物用砖石投掷，大概是因为玻璃破碎之声清脆悦耳之故。小棚因此没有能持久，跟着我的数十盆兰花也渐渐的支离破碎了。和我望衡对宇的是胡伟克先生，我发现他家里廊上、阶前、墙头、树下，到处都是兰花，大部分是洋兰，素心兰也有，而且他有一间宽大的温室，里面也堆满了兰花。胡先生有一只工作台子，上面放着显微镜，他用科学方法为兰花品种作新的交配，使兰花长得更肥，色泽更为鲜艳多姿。他的兰花在千盆以上。我听他的夫人抱怨："为了这些捞什子，我的手指都磨粗了。"我经常看见一车一车的盛开的兰花从他门前运走。他的家不仅是芝兰之室，真是芝兰工厂。

兰本来是来自山间，有藓苔覆根，雨露滋润，不需要什么肥料。移在盆里，他所需要的也只是适量的空气和水，盆里不可用普通的泥土，最好是用木炭、烧过的黏土、缸瓦碎片的三种混合物，取其通空气而易排水。也有人主张用砂、桂圆树皮、蛇木屑、木炭、碎石子混拌，然后每隔三个月用$(NH_4)_2SO_4+KCE$液羼水喷洒一次。叶子上生虫也需勤加拂拭。总之，兰来自幽谷，在案头供养是不大自然的，要小心伺候了。

九　菊

花事至菊而尽，故曰蘜，蘜是菊之本字。蘜者，尽也。"兰有秀兮菊有芳,怀佳人兮不能忘。"这是汉武帝看着时光流转,自春徂秋,由花事如锦到花事阑珊,借着秋风而发的歌咏。菊和九月的关系密切,故九月被称为菊月,或称为菊秋,重阳日或径称为菊节。是日也,饮菊花茶,设菊花宴,还可以准备睡菊花枕,百病不生,平素饮菊潭水,可以长生到一百多岁。没有一种比菊花和人的关系打得更火热。

自从陶渊明"采菊东篱下"之后,菊就代表一种清高的风格,生长在篱笆旁边,自然也就带着几分野趣。吕东莱的句子"短篱残菊一枝黄,正是乱山深处过重阳",是很好的写照。经人工加意培养,菊好像是变了质。宋《乾淳岁时记》:"禁中例,于八日作重九,排当于庆瑞殿,分列万菊,灿然眩眼,且点菊灯,略如元夕。"这是在殿堂之上开菊展,当然又是一种情况。

菊是多年生草本,摘下幼枝插在土里就活。曩昔在北平家园中,一年之内曾蕃殖数十盆,竟以秽恶之粪土培养之,深觉戚戚然于心未安。幼苗长大之后,枝弱不能挺立,则树细竹竿或秸秫以为支撑,并标以红纸签,写上"绿云"、"紫玉"、"蟹爪"、"小白梨"……奇奇怪怪的名称。一盆一盆的放在"兔儿爷摊子"上(一排比一排高的梯形架),看上去一片花朵,闹则闹矣,但是哪能令人想到一丝一毫的"元亮遗风"?

台湾艺菊之风很盛,但是似乎不取其清瘦,而爱其痴肥。每一盆菊都修剪成独花孤挺,叶子的正面反面经常喷药,讲究从根到顶每片叶子都是肥大绿光，顶上的一朵花盛开时直像是特大的馒头一个，胖胖大大的，需要铁丝做盘撑托着它。千篇一律，朵朵如此，当然是很富态相。"帘卷西风，人比黄花瘦"，那时的黄花，一定不像如今的这样肥。

十　玫瑰

玫瑰，属蔷薇科。唐朝有一位徐夤，作过一首咏玫瑰的诗：

芳菲移自越王台，最似蔷薇好并栽。
秾艳尽怜胜彩绘，嘉名谁赠作玫瑰？
春藏锦绣风吹折，天染琼瑶日照开。
为报朱衣早邀客，莫教零落委苍苔。

诗不见佳，但是让我们知道在唐朝玫瑰即已成了吟咏的对象。《群芳谱》说："花亦类蔷薇，色淡紫，青蒂黄蕊，瓣末白，娇艳芬馥，有香有色，堪入茶、入酒、入蜜。"这玫瑰，是我们固有品种的玫瑰，花朵小，红得发紫，香味特浓。可以熏茶，可以调酒（玫瑰露），可以做蜜汁（玫瑰木樨）。娇小玲珑，惹人怜爱。玫瑰多刺，被人视若蛇蝎，其实玫瑰何辜，他本不预备供人采摘。"三十客"列玫瑰为"刺客",也是冤枉的。

外国的蔷薇品种不一,亦统称为玫瑰。常见有高至五六尺以上者,俨然成一小树,花朵肥大,除了深绯浅红者外,还有黄色的,别有风致。也有蔓生的一种,沿着篱笆墙壁伸展,可达一二丈外。白色的尤为盛旺。我有朋友蛰居台中,莳花自遣,曾贻我海外优良品种之玫瑰数本,我悉心培护,施以舶来之"玫瑰食粮",果然绰约妩媚不同凡响,不过气候土壤皆不相宜,越年逐渐凋萎。园林有玫瑰专家,我曾专诚探访,畦圃广阔,洋洋大观,惟几乎全是外来品种,绚烂有余,韵味不足。求其能入茶入酒入蜜者,竟不可得,乃废然返。

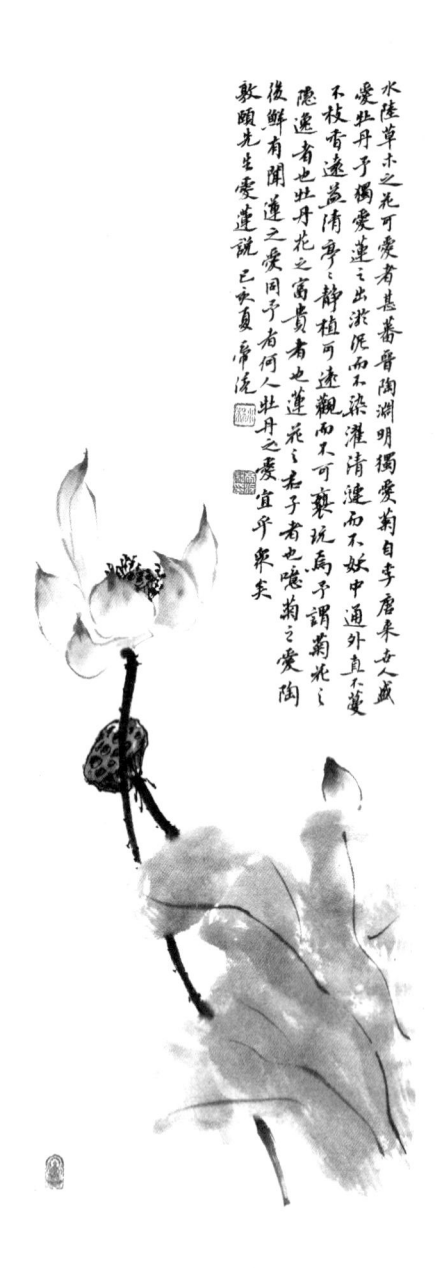

水陸草木之花可愛者甚蕃晉陶淵明獨愛菊自李唐來世人盛愛牡丹予獨愛蓮之出淤泥而不染濯清漣而不妖中通外直不蔓不枝香遠益清亭亭靜植可遠觀而不可褻玩焉予謂菊花之隱逸者也牡丹花之富貴者也蓮花之君子者也噫菊之愛陶後鮮有聞蓮之愛同予者何人牡丹之愛宜乎眾矣
敦頤先生愛蓮說 己亥夏 帝沱

黑猫公主

白猫王子今年四岁，胖嘟嘟的，体重在十斤以上，我抱他上下楼两臂觉得很吃力，他吃饱伸直了躯体侧卧在地板上足足两尺开外（尾巴不在内）。没想到四年的工夫他有这样长足的进展。高信疆、柯元馨伉俪来，说他不像是猫，简直是一头小豹子。按照猫的寿命年龄，四岁相当于我们人类弱冠之年，也许不会再长多少了吧。

白猫王子饱食终日，吃饱了洗脸，洗完脸倒头大睡。家里没有老鼠可抓，他无用武之地。凭他的嗅觉，他不放过一只蟑螂，见了蟑螂他就紧迫追踪，又想抓又害怕，等到菁清举起苍蝇拍子打蟑螂时，他又怕殃及池鱼藏到一个角落里去了。我们晚间外出应酬，先把他的晚餐备好，鲜鱼一钵，清汤一盂，然后给他盖上一床被毯，或是给他搭一个蒙古包似的帐篷。等我们回家的时候,他依然蜷卧原处。他的那床被毯颇适合他的身材。菁清在一个专卖儿童用物的货柜上选购那被毯的时候,精挑细选,不是嫌大就是嫌小,店员不耐的问:"几岁了?"菁清说:"三岁多。"店员说:"不对,不对,三岁这个太小了。"菁清说:"是猫。"店员愣住了,她没卖过猫被。陆放翁《赠粉鼻诗》有句:"问渠何似朱门里,日饱鱼餐睡锦茵。"寒舍不比朱门,但是鱼餐锦茵却是具备了。

白猫王子足不出户,但是江湖上已薄有小名。修漏的工人、油漆的工人、送货的工人,看见猫蹲在门口,时常指着他问:"是白猫王子吧?"我说是,他就仔细端详一番,夸奖几句,猫并不理会,大摇大摆而去。猫若是人,应该说声谢谢。这只猫没有闲事挂心头,应该算是幸福的,只是没有同类的伴侣,形单影只,怕不免寂寞之感。菁清有一晚买来一只泰国猫,一身棕色毛,小脸乌黑,跳跳蹦蹦十分活跃,菁清唤她作"小太妹"。白猫王子也许是以为非我族类其心必异,相处似不投机,双方都常呜呜的吼,作蓄势待发状。虽然是两个恰恰好,双份的供养还是使人不胜负荷。我取得菁清同意,决计把小太妹举以赠人。陈秀英的女儿乐滢爱猫如命,遂给她带走了。白猫王子一直是孤家寡人一个。

有一天我们居住的大厦门前有两只小猫光临,一白一黑,盘旋不去,瘦骨嶙嶙,蓬首垢面,不知是谁家的遗弃。夜寒风峭，十分可怜。菁清又动了恻隐之心。"我们给抱上来吧？"我说不，家里有两只猫，将要喧宾夺主。菁清一声不响端着白猫王子吃剩的鱼加上一点米饭送到楼下去了。两只猫如饿虎扑食，一霎间风卷残雪，她顾而乐之。于是由一天送鱼一次，而二次，而三次，而且抽暇给两只猫用干粉洁身。我不由自主的也参加了送猫饭的行列。人住十二层楼上，猫在道边门口，势难长久。其中黑的一只，两只大蓝眼睛，白胡须，两排白牙，特别讨人欢喜。好不容易我们给黑猫找到了可以信赖的归宿。我们认识的廖先生，他和他一家人都爱猫，于是菁清把黑猫装在提笼里交由廖先生携去。事后菁清打了两次电话，知道黑猫情况良好，也就放心了。只剩下一只白猫独自卧在门口。看样子他很忧郁，突然失去伴侣当然寂寞。

事有凑巧，不知从哪里又来了一只小黑猫。这只小黑猫大概出生有六个月，看牙齿就可以知道。除了浑身漆黑之外，四爪雪白，胸前还有一块白斑，据说这种猫名为"踏雪寻梅"，还满有名堂的。又有人说，本地有些人认为黑猫不吉利。在外国倒是有此一说，以为黑猫越途，不吉。哀德加·阿兰·坡[①]有一篇恐怖小说，题名就是《黑猫》，这篇小说我没读过，不知黑猫在里面扮的是什么角色。无论如何白猫又有了伴侣，我们

[①] 后来译为埃德加·爱伦·坡。——编者注

楼上楼下一天三次照旧喂两只猫,如是者约两个星期。

有一夜晚,菁清面色凝重的对我说:"楼下出事了!"我问何事惊慌,她说据告白猫被汽车压死了。生死事大,命在须臾,一切有情莫不如此,但是这只白猫刚刚吃饱几天,刚刚洗过一两次,刚刚失去一黑猫又得到一黑猫为伴,却没来由的粉身碎骨死在车轮之下!我半晌无语,喉头好像有梗结的感觉。缘尽于此,没有说的。菁清又徐徐的说:"事已到此,我别无选择,把小猫抱上来了。"好像是若不立刻抱上来,也会被车辗死。在这情形之下,我也不能反对了。

"猫在哪里?"

"在我的浴室里。"

我走进去一看,黑暗的角落里两只黄色的亮晶晶的眼睛在闪亮,再走近看,白须、白下巴颏儿、白爪子,都显露出来了。先喂一钵鱼,给她压压惊。我们决定暂时把她关在一间浴室里,驯服她的野性,择吉再令她和白猫王子见面。菁清问我:"给她起个什么名字呢?"我想不出。她说:"就叫黑猫公主吧。"

黑猫公主的个性相当泼辣,也相当灵活,头一天夜晚她就钻到藏化妆品的小柜橱里。凡是有柜门的地方她都不放过。我说这样淘气可不行,家里瓶瓶罐罐的东西不少,哪禁得她横冲直撞?菁清就说:"你忘了?白猫王子初来我家不也是这样么?"她的意思是,慢慢管教,树大自直。要使这黑猫长久居留，菁清有进一步的措施，给公主做体格检查。兽医辜泰堂先生业务极忙，难得有空出来门诊，可是他竟然肯来。在他检查之下，证明黑猫公主一切正常，临行时给她打了两针预防霍乱之类的药剂。事情发展到此，黑猫公主的户籍就算暂时确定了。她与白猫王子以后是否能够相处得如鱼得水，且待查看再说。

白猫王子五岁

五年前的一个夜晚,菁清从门外檐下抱进一只小白猫,时蒙雨凄其,春寒尚厉。猫进到屋里,仓皇四顾,我们先飨以一盘牛奶,他舔而食之。我们揩干了他身上的雨水,他便呼呼的倒头大睡。此后他渐渐肥胖起来,菁清又不时把他刷洗得白白净净,戏称之为白猫王子。

他究竟生在哪一天,没人知道,我们姑且以他来我家的那一天定为他的生日(三月三十日),今天他五岁整,普通猫的寿命据说是十五六岁,人的寿命则七十就是古稀之年了,现在大概平均七十。所以猫的一岁在比例上可折合人的五岁。白猫王子五岁相当于人的二十五岁,正是青春旺盛的时候。

凡是我们所喜欢的对象,我们总会觉得他美。白猫王子并不一定是怎样的美丰姿,可是他眉清目秀,蓝眼睛,红鼻头,须眉修长，而又有一副楚楚可怜的样子。腰臀一部分特别硕大，和头部不成比例，腹部垂腴，走起来摇摇摆摆，有人认为其状不雅，我们不以为嫌。去年七月二十日报载："二十四日在美国佛罗里达州巴马布耳所举行的一九八一年'全美迷人小猫竞赛'中，一只名叫邦妮贝尔的小猫得了首奖。可是它虽然顶着后冠，却不见得很高兴。"高兴不是猫，是猫的主人。我们不会教白猫王子参加任何竞赛，他已经有了王子的封号，还急着需要什么皇冠？他就是我们的邦妮贝尔。

刘克庄有一首《诘猫诗》，有句云：

饭有溪鳞眠有毯，忍教鼠吃案头书？

我们从来没有要求过猫做什么事。他吃的不只是溪鱼，睡的也不只是毛毯，我们的住处没有鼠，他无用武之地，顶多偶然见了蟑螂而惊叫追逐，菁清说这是他对我们的服务。我们吃饭的时候他常蹲在餐桌上，虎视眈眈，但是他不伸爪，顶多走近盘边闻闻。喂他几块鱼虾鸡鸭之类，他浅尝辄止。他从不偷嘴。他吃饱了，抹抹脸就睡，弯着腰睡，趴着睡，仰着睡，有时候爬到我们床上枕着我们的臂腿睡。他有二十六七磅重，压得人腿脚酸麻。我们外出，先把他安顿好，鱼一钵，水一盂，有时候给他盖一床被，或是搭一个篷。等我们回来，门锁一响，他已窜到门口相迎。这样，他便已给了我们很大的满足。

"花如解语还多事，石不能言最可人。"猫相当的解语，我们喊他一声："猫咪！""胖胖！"他就喵的一声。我耳聋，听不见他那细声细气的一声喵，但是我看见他一张嘴，腹部一起一落，知道他是回答我们的招呼。他不会说话，但是菁清好像略通猫语，她能辨出猫的几种不同的鸣声。例如：他饿了，他要人给他开门，他要人给他打扫卫生设备，他因寂寞而感到烦躁，都有不同的声音发出来。无论有什么体己话，说给他听，或是被他听见，他能珍藏秘密不泄露出去。不过若是以恶声叱责他，他是有反应的，他不回嘴，他转过身去趴下，作无奈状。

有人不喜欢猫，我的一位朋友远道来访，先打电话来说："听说府上有猫，请先把他藏起来，我怕猫。"真的，有人一见了猫就会昏倒。有人见了老鼠也会昏倒，何况猫？据《民生报》四月二十三日一篇文章报导，法国国王亨利三世一见到猫就会昏倒。法国国王查理九世时的大诗人龙沙有这样的诗句：

> 当今世上
> 谁也没我那么厌恶猫
> 我厌恶猫的眼睛、脑袋，还有凝视的模样
> 一看见猫，我掉头就跑

人之好恶本不相同。我不否认猫有一些短处，诸如倔强、自尊、自私、缺乏忠诚等等。不过，猫，和人一样，总不免有一点脾气，一点自私，不必计较了。家里有装潢、有陈设、有家具、有花草，再有一只与虎同科的小动物点缀其间来接受你的爱抚，不是很好么？

菁清对于苦难中小动物的怜悯心是无止境的，同时又觉得白猫王子太孤单，于是去年又抱进来一个小黑猫。这个"黑猫公主"性格不同，活泼善斗，体态轻盈，白须黄眼，像是平剧中的"开口跳"。两只猫在一起就要斗，追逐无已时。不得已我们把黑猫关在笼子里，或是关在一间屋里，实行黑白隔离政策。可是黑猫隔着笼子还要伸出爪子撩惹白猫，白猫也常从门缝去逗黑猫。相见争如不见，无情还似有情。我想有一天我们会逐渐解除这个隔离政策的。

白猫倏已五岁，我们缘分不浅，同时我亦不免兴起春光易老之感。多少诗人词人唤取春留驻，而春不肯留！我们只好"片时欢乐且相亲"，愿我的猫长久享受他的鱼餐锦被，吃饱了就睡，睡足了就吃。

拍桌子之前突然忘記了生氣的原因

戊戌秋小林

第四部分

槐园梦忆，伉俪情深

往事如烟如柳絮，相思便是春常驻。

或许遗憾才是
我们最好的告别方式

槐园梦忆——悼念故妻程季淑女士

一

季淑于一九七四年四月三十日逝世,五月四日葬于美国西雅图之槐园(Acacia Memorial Park)。槐园在西雅图市的极北端,通往包泽尔(Bothell)的公路的旁边,行人老远的就可以看见那一块高地,芳草如茵,林木翁郁,里面的面积很大,广袤约百数十亩。季淑的墓在园中之桦木区(Birch Area),地号是16-C-33,紧接着的第十五号是我自己的预留地。这个墓园本来是共济会所创建的,后来变为公开,非会员亦可使用。园里既没有槐,也没有桦,有的是高大的枞杉和山杜鹃之属的花木。此地墓而不坟,墓碑有标准的形式与尺寸,也是平铺在地面上,不是竖立着的,为的是便利机车割草。墓地一片草皮,永远是绿茸茸,经常有人修剪浇水。墓旁有一小喷水池,虽只喷涌数尺之高,但汨汨之泉其声呜咽,逝者如斯,发人深省。往远处看,一层层的树,一层层的山,天高云谲,瞬息万变;俯视近处,则公路蜿蜒,车如流水。季淑就是在这样的一个地方长眠千古。

"圣人忘情,最下不及情,情之所钟,正在我辈。"这是很平实的话。虽不必如荀粲之惑溺,或蒙庄之鼓歌,但夫妻胖合,一旦永诀,则不能不中心惨怛。"美国华盛顿大学心理治疗系教授霍姆斯设计一种计点法,把生活中影响我们的变异,不论好坏,依其点数列出一张表。"(见一九七四年五月份《读者文摘》中文版)在这张表上"丧偶"高列第一,一百点,依次是离婚七十三点,判服徒刑六十三点等等。丧偶之痛的深度是有科学统计的根据的。我们中国文学里悼亡之作亦屡屡见,晋潘安仁有《悼亡诗》三首:

> 荏苒冬春谢,寒暑忽流易。
> 之子归穷泉,重壤永幽隔!
> 私怀谁克从,淹留亦何益?
> 僶俯恭朝命,回心反初役。
> 望庐思其人,入室想所历。
> 帏屏无仿佛,翰墨有余迹。

流芳未及歇,遗挂犹在壁。
怅恍如或存,回惶忡惊惕。
如彼翰林鸟,双栖一朝只;
如彼游川鱼,比目中路析。
春风缘隙来,晨霤依檐滴。
寝兴何时忘,沉忧日盈积。
庶几有时衰,庄缶犹可击。

皎皎窗中月,照我室南端。
清商应秋至,溽暑随节阑。
凛凛凉风升,始觉夏衾单。
岂曰无重纩,谁与同岁寒?
岁寒无与同,朗月何胧胧!
展转盼枕席,长簟竟床空!
床空委清尘,室虚来悲风。
独无李氏灵,仿佛睹尔容!
抚衿长叹息,不觉涕沾胸。
沾胸安能已,悲怀从中起。
寝兴目存形,遗言犹在耳。
上惭东门吴,下愧蒙庄子。
赋诗欲见志,零落难具纪。

命也可奈何，长戚自令鄙。

曜灵运天机，四节代迁逝。
凄凄朝露凝，烈烈夕风厉。
奈何悼淑俪，仪容永潜翳！
念此如昨日，谁知已卒岁！
改服从朝政，哀心寄私制；
茵帱张故房，朔望临尔祭。
尔祭讵几时，朔望忽复尽。
衾裳一毁撤，千载不复引。
亹亹期月周，戚戚弥相愍。
悲怀感物来，泣涕应情陨。
驾言陟东阜，望坟思纡轸。
徘徊墟墓间，欲去复不忍。
徘徊不忍去，徙倚步踯躅。
落叶委埏侧，枯荄带坟隅。
孤魂独茕茕，安知灵与无？
投心遵朝命，挥涕强就车。
谁谓帝宫远，路极悲有余！

　　这三首诗从前读过，印象不深，现在悼亡之痛轮到自己，环诵再三,从"重壤永幽隔"至"徘徊墟墓间",好像潘安仁为天下丧偶者道出了心声。故录此诗于此,代摅我的哀思。不过古人为诗最重含蓄蕴藉,不能有太多的细腻的写实的描述。例如,我到季淑的墓上去,我的感受便不只是"徘徊不忍去",亦不只是"孤魂独茕茕",我要先把鲜花插好(插在一只半埋在土里的金属瓶里),然后灌满了清水;然后低声的呼唤她几声,我不敢高声喊叫,无此需要,并且也怕惊了她;然后我把一两个星期以来所发生的比较重大的事报告给她,我不能不让她知道她所关切的事;然后我默默的立在她的墓旁,我的心灵不受时空的限制,飞跃出去和她的心灵密切吻合在一起。如果可能,我愿每日在这墓园盘桓,回忆既往,没有一个地方比槐园更使我时时刻刻的怀念。

死是寻常事,我知道,堕地之时,死案已立,只是修短的缓刑期间人各不同而已。但逝者已矣,生者不能无悲。我的泪流了不少,我想大概可以装满罗马人用以殉葬的那种"泪壶"。有人告诉我,时间可以冲淡哀思。如今几个月已经过去,我不再泪天泪地的哭,但是哀思却更深了一层,因为我不能不回想五十多年的往事,在回忆中好像我把如梦如幻的过去的生活又重新体验一次,季淑没有死,她仍然活在我的心中。

二

季淑是安徽省徽州绩溪县人。徽州大部分是山地,地瘠民贫,很多人以种茶为业,但是皖南的文风很盛,人才辈出。许多人外出谋生,其艰苦卓绝的性格大概和那山川的形势有关。季淑的祖父程公讳鹿鸣,字苹卿,早岁随经商的二伯父到了京师。下帷苦读,场屋连捷,后实授直隶省大名府知府,勤政爱民,不义之财一芥不取,致仕时囊橐以去者仅万民伞十余具而已。其元配逝时留下四女七子,长子讳佩铭,字兰生,即季淑之父。后再续娶,又生二子。故程府人丁兴旺,为旅食京门一大家族。季淑之母吴氏,讳浣身,安徽歙县人,累世业茶,寄籍京师。季淑之父在京经营笔墨店程五峰斋,全家食指浩繁,生活所需皆取给于是,身为长子者,为家庭生计而牺牲其读书仕进。季淑之母位居长嫂,俗云"长嫂比母",于是操持家事,艰苦备尝,而周旋于小姑、小叔之间,其含辛茹苦更不待言。科举废除之后,笔墨店之生意一落千丈,程五峰斋终于倒闭。季淑父只身走关外,不久殁于客中,时季淑尚在髫龄,年方九岁,幼年失怙,打击终身。季淑同胞五人,大姐孟淑长季淑十一岁,适丁氏,抗战期间在川尚曾晤及,二姐仲淑、兄道立、弟道宽则均于青春有为之年死于肺痨。与母氏始终相依为命者，惟季淑一人。

季淑的祖父，六十岁患瘫痪，半身不遂而豪气未减，每天看报，看到贪污枉法之事，就拍桌大骂，声震屋瓦。雅好美食，深信"七十非肉不饱"之义，但每逢朔望，则又必定茹素为全家祈福，茹素则哽咽不能下咽，于是非嫌油少，即怪盐多。有一位叔父乘机进言："曷不请大嫂代表茹素，双方兼顾？"一方是"心到神知"之神，一方是非肉不饱的老者。从此我的岳母朔望代表茹素，直到祖父八十寿终而后已。叔父们常常宴客，宴客则请大嫂下厨，家里虽有厨师，佳肴仍需亲自料理，灶前伫立过久，足底生茧，以至老年不良于行。平素家里用餐，长幼有别，男女有别，媳妇、孙女常常只能享受一些残羹剩炙。有一回，一位叔父扫除房间，命季淑抱一石屏风至户外拂拭，那时她只有十岁光景，出门而踣，石屏风破碎，叔父大怒，虽未施夏楚，但诃责之余，复命长跪。

李淑从小学而中学而国立北京女高师之师范本科，几乎在饔飧不继的情形之下，靠她自己努力奋斗而不辍学，终于一九二一年六月毕业。从此她离开了那个大家庭，开始她的独立的生活。

三

季淑于女高师的师范本科毕业之后，立刻就得到一份职业。由于她的女红特佳，长于刺绣，她的一位同学欧淑贞女士任女子职业学校校长，约她去担任教师。我就是在这个时候认识她的。

我们认识的经过是由于她的同学好友黄淑贞（湘翘）女士的介绍，"取妻如何，匪媒不得"。淑贞的父亲黄运兴先生和我父亲是金兰之交，他是湖南沅陵人，同在京师警察厅服务，为人公正、率直而有见识，我父亲最敬重他。我当初之投考清华学校也是由于这位父执之极力怂恿。其夫人亦是健者，勤俭耐劳，迥异庸流。淑贞在女高师体育系，和季淑交称莫逆，我不知道她怎么想起把她的好友介绍给我。她没有直接把季淑介绍给我。她是浼她母亲（父已去世）到我家正式提亲作媒的。我在周末回家时，在父亲书房桌上信斗里发现一张红纸条，上面恭楷写着："程季淑，安徽绩溪人，年二十岁，一九〇一年二月十七日寅时生。"我的心一动。过些日我去问我大姐，她告诉我是有这么一回事，并且她说已陪母亲到过黄家去相亲，看见了程小姐。大姐很亲切的告诉我说："我看她人挺好，蛮斯文的，双眼皮,大眼睛,身材不高,腰身很细,好一头乌发,挽成一个髻堆在脑后,一个大篷覆着前额。我怕那篷下面遮掩着疤痕什么的,特地搭讪着走过去,一面说着'你的头发梳得真好',一面掀起那发篷看看……"我赶快问:"有什么没有?"她说"什么也没有"。我们哈哈大笑。

事后想想,这事不对,终身大事须要自作主张。我的两个姐姐和大哥都是凭了媒妁之言和家长的决定而结婚的。这时候是五四运动后两年,新的思想打动了所有的青年。我想了又想,决定自己直接写信给程小姐问她愿否和我做个朋友。信由专差送到女高师,没有回音,我也就断了这个念头。过了很久,时届冬季,我忽然接到一封匿名的英文信,告诉我"不要灰心,程小姐现在女子职业学校教书,可以打电话去直接联络……"等语。朋友的好意真是可感,我遵照指示,大胆的拨了一个电话给一位素未谋面的小姐。

季淑接了电话,我报了姓名之后,她一惊,半晌没说出话来。我直截了当的要求去见面一谈,她文文吾吾的总算是答应我了。她生长在北京,当然说的是道地的北京话,但是她说话的声音之柔和清脆是我所从未听到过的。形容歌声之美往往用"珠圆玉润"四字,实在是非常恰当。我受了刺激,受了震惊,我在未见季淑之前先已得到无比的喜悦。莎士比亚在《李尔王》五幕三景有一句话:

Her voice was ever soft,

Gentle and low, an excellent thing in woman.

她的言语总是温和的，

轻柔而低缓，是女人最好的优点。

好不容易熬到会见的那一天！那是一个星期六午后，我只有在周末才能进城。由清华园坐人力车到西直门，约一小时，我特别感觉到那是漫漫的长途。到西直门换车进城。女子职业学校在宣武门外珠巢街，好荒凉而深长的一条巷子，好像是从北口可以望到南城根。由西直门走了半个多小时，终于找到了这条街上的学校。看门的一个老头儿引我进入一间小小的会客室。等了相当长久的时间，一阵唧唧哝哝的笑语声中，两位小姐推门而入。这两位我都是初次见面。黄小姐的父亲我是见过多次的，她的相貌很像她的父亲，所以我立刻就知道另一位就是程小姐。但是黄小姐还是礼貌的给我们介绍了。不大的工夫，黄小姐托故离去，季淑急得直叫："你不要走，你不要走！"我们两个互相打量了一下，随便扯了几句淡话。季淑确是有一头乌发，如我大姐所说，发髻贴在脑后，又圆又凸，而又亮晶晶的，一个松松泡泡的发篷覆在额前。我大姐不轻许人，她认为她的头发确实处理得好。她的脸上没有一点脂粉，完全本来面目，她若和一些浓妆艳抹的人出现在一起，会令人有异样的感觉。我最不喜欢上帝给你一张脸而你自己另造一张。季淑穿的是一件灰蓝色的棉袄，一条黑裙子，长抵膝头。我偷眼往桌下一看，发现她穿着一双黑绒面的棉毛窝，上面凿了许多孔，系着黑带子，又暖和又舒服的样子。衣服、裙子、毛窝，显然全是自己缝制的。她是百分之百的一个朴素的女学生。我那一天穿的是一件蓝呢长袍，挽着袖口，胸前挂着清华的校徽，穿着一双棕色皮鞋。好多年后季淑对我说，她喜欢我那一天的装束，也因为那是普通的学生样子。那时候我照过一张全身立像，我举以相赠，季淑一直偏爱这张照片，后来到了台湾，她还特为放大，悬在寝室，我在她入殓的时候把这张照片放进棺内，我对着她的尸体告别说："季淑，我没有别的东西送给你，你把你所最喜爱的照片拿去吧！它代表我。"

短暂的初次会晤大约有半小时。屋里有一个小火炉，阳光照在窗户纸上，使小屋和暖如春。这是北方旧式房屋冬天里所特有的一种气氛。季淑不是健谈的人，她有几分矜持，但是她并不羞涩。我起立告辞，我没有忘记在分手之前先约好下次会面的时间与地点。

下次会面是在一星期后，地点是中央公园。人类的历史就是由一个男人一个女人在一个花园里开始的。中央公园地点适中，而且有许多地方可以坐下来休息。惟一讨厌的是游人太多，像来今雨轩、春明馆、水榭，都是人挤人、人看人的地方，为我们所不取。我们愿意找一个僻静的亭子、池边的木椅或石头的台阶。这种地方又往往为别人捷足先登或盘据取闹。我照例是在约定的时间前十五分钟到达指定的地点。和任何人要约，我也不愿迟到。我通常是在水榭的旁边守候，因为从那里可以望到公园的门口。等人是最令人心焦的事，一分一秒的耗着，不知看多少次手表，可是等到你所期待的人远远的姗姗而来，你有多少烦闷也丢到九霄云外去了。季淑不愿先我而至，因为在那个时代，一个年轻女子只身在公园里踱着是会引起麻烦来的。就是我们两个并肩在路上行走，也常有些不三不四的人在吹口哨。

有时候我们也到太庙去相会，那地方比较清静，最喜的是进门右手一大片柏树林，在春暖以后有无数的灰鹤停驻在树颠，嘹唳的声音此起彼落，有时候轰然振羽破空而去。在不远处设有茶座，季淑最喜欢鸟，我们常常坐在那里对着灰鹤出神。可是季节一过，灰鹤南翔，这地方就萧瑟不堪，连坐的地方也没有了。北海当然是好去处，金鳌玉蛛的桥我们不知走过多少次数；漪澜堂是来往孔道，人太杂沓；五龙亭最为幽雅；大家挤着攀登的小白塔，我们就不屑一顾了。电影偶然也看，在"真光"看的飞来伯主演的《三剑客》。丽琳·吉施主演的《赖婚》至今印象犹新，其余的一般影片则我们根本看不进去。

清华一位同学戏分我们一班同学为九个派别，其一曰"主日派"，指每逢星期日则精神抖擞整其衣冠进城去做礼拜，风雨无阻，乐此不倦，当然各有各的崇拜偶像，而其衷心向往、虔心归主之意则一。其言虽谑，确是实情。这一派的人数不多，因为清华园是纯粹男性社会，除了几个洋婆子教师和若干教师眷属之外，看不到一个女性。若有人能有机缘进城会晤女友，当然要成为令人羡慕的一派。我自度应属于此派。可怜现在事隔五十余年，我每逢周末又复怀着朝圣的心情去到槐园墓地，捧着一束鲜花去做礼拜！

不要以为季淑和我每周小聚是完全无拘无束的享受。在我们身后吹口哨的固不乏人，不吹口哨的人也大都对我们投以惊异的眼光。这年轻轻的一男一女，在公园里彳亍而行，喁喁而语，是做什么的呢？我们格于形势，只能在这些公开场所谋片刻的欢晤。季淑的家是一个典型的大家庭，人多口杂。按照旧的风俗，一个二十岁的大姑娘和一个青年男子每周约会在公共场所出现，是骇人听闻的事，罪当活埋！冒着活埋的危险在公园里游憩啜茗，不能说是无拘无束。什么事季淑都没瞒着她的母亲，母亲爱女心切，没有责怪她，反而殷殷垂询，鼓励她，同时也警戒她要一切慎重，无论如何不能让叔父们知道。所以季淑绝对不许我到她家访问，也不许寄信到她家里。我的家简单一些，也没有那么旧，但是也没有达到可以公开容忍我们的行为的地步。只有我的三妹绣玉（后改亚紫）知道我们的事，并且同情我们，帮助我们。她们很快的成为好友，两个人合照过一张像，我保存至今。三妹淘气，有一次当众戏呼季淑为二嫂，后来季淑告诉我，当时好窘，但是心里也有一丝高兴。

　　事有凑巧，有一天我们在公园里的四宜轩品茗。说起四宜轩，这是我们毕生不能忘的地方。名为四宜，大概是指四季皆宜，"春有百花秋有月，夏有凉风冬有雪"。四宜轩在水榭对面，从水榭旁边的土山爬上去，下来再钻进一个乱石堆成的又湿又暗的山洞，跨过一个小桥便是。轩有三楹，四面是玻璃窗。轩前是一块平地，三面临水，水里有鸭。有一回冬天大风雪，我们躲在四宜轩里，另外没有一个客人，只有茶房偶然提着开水壶过来。在这里，我们初次坦示了彼此的爱。现在我说事有凑巧的一天是在夏季，那一天我们在轩前平地的茶座休息，在座的有黄淑贞，我突然发现不远一个茶桌坐着我的父亲和他的几位朋友。父亲也看见了我，他走过来招呼，我只好把两位小姐介绍给他。季淑一点也没有忸怩不安，倒是我觉得有些局促。我父亲代我付了茶资，随后就离去了。回到家里，父亲问我："你们是不是三个人常在一起玩？"我说："不，黄淑贞是偶然遇到邀了去的。"父亲说："我看程小姐很秀气，风度也好。"从此父亲不时的给我钱，我推辞不要，他说："拿去吧，你现在需要钱用。"父亲为儿子着想是无微不至的。从此父亲也常常给我劝告，为我出主意，我们后来婚姻成功多亏父亲的帮助。

一九二二年夏，季淑辞去女职的事，改任石驸马大街女高师附属小学的教师。附小是季淑的母校，校长孙世庆原是她的老师，孙校长特别赏识她，说她稳重，所以聘她返校任职。季淑果不负他的期望，在校成为最肯负责的教师之一，屡次得到公开的褒扬。我常到附小去晤见季淑，然后一同出游。我去过几次之后，学校的传达室工友渐感不耐，我赶快在节关前后奉上银饼一枚，我立刻看到了一张笑逐颜开的脸，以后见了我，不等我开口就说："梁先生您来啦，请会客室坐，我就去请程先生出来。"会客室里有一张鸳鸯椅，正好容两个人并坐。我要坐候很久，季淑才出来，因为从这时候起她开始知道修饰，每和我相见必定盛装。王右家是她这时候班上的学生之一。抗战爆发后我在天津罗努生、王右家的寓中下榻旬余日。有一天右家和我闲聊，她说：

"实秋你知道么，你的太太从前是我的老师？"

"我听内人说起过，你那时是最聪明美丽的一个学生。"

"哼，程老师是我们全校三十几位老师中之最漂亮的一位。每逢周末她必定盛装起来，在会客室晤见一位男友，然后一同出去。我们几个学生就好奇的麇集在会客室的窗外往里窥视。"

我告诉右家，那男友即是我。右家很吃一惊。我回想起，那时是有一批淘气的女孩子在窗外唧唧嘎嘎。我们走出来时，也常有蹦蹦跳跳的孩子们追着喊："程老师，程老师！"季淑就拍着她们的脑袋说："快回去，快回去！"

"你还记得程老师是怎样的打扮么？"我问右家。

右家的记忆力真是惊人。她说："当然。她喜欢穿的是上衣之外加一件紧身的黑缎背心，对不对？还有藏青色的百褶裙。薄薄的丝袜子，尖尖的高跟鞋。那高跟足有三寸半，后跟中细如蜂腰，黑绒鞋面，鞋口还锁着一圈绿丝线……"

我打断了她的话："别说了，别说了，你形容得太仔细了。"

于是我们就泛论起女人的服装。右家说：

"一个女人最要紧的是她的两只脚。你没注意么，某某女士，好好的一个人，她的袜子好像是太松，永远有皱褶，鞋子上也有一层灰尘，令人看了不快。"

我同意她的见解，我最后告诉她莎士比亚的一句名言："她的脚都会说话。"（见《脱爱勒斯与克莱西达》[①]第四幕第五景）

右家提起季淑的那双高跟鞋，使我忆起两件事。有一次我们在公园里散步，后面有几个恶少紧随不舍，其中有一个人说："嘿，你瞧，有如风摆荷叶！"虽然可恶，我却觉得他善于取

[①] 后来译为《特洛伊罗斯与克瑞西达》。——编者注

譬。后来我填了一首《卜算子》，中有一句"荷叶迎风舞"，即指此事。又有一次，在来今雨轩后面有一个亭子，通往亭子的小径都铺满了鹅卵石，季淑的鞋跟陷在石缝中间，扭伤了踝筋，透过丝袜可以看见一块红肿，在亭子里休息很久我才搀扶着她回去。

"五四"以后，写白话诗的风气颇盛。我曾说过，一个青年，到了"怨黄莺儿作对，怪粉蝶儿成双"的时候，只要会说白话，好像就可以写白话诗。我的第一首情诗，题为《荷花池畔》，发表在《创造》季刊，记得是第四期，成仿吾还不客气的改了几个字。诗没有什么内容，只是一团浪漫的忧郁。荷花池是清华园里惟一的风景区，有池有山有树有石栏，我在课余最喜欢独自一个在这里徘徊。诗共八节，节四行，居然还凑上了自以为是的韵。我把诗送给父亲看，他笑笑避免批评，但是他建议印制自己专用的诗笺，他负责为我置办，图案由我负责。这是对我的一大鼓励。我当即参考图籍，用双钩饕餮纹加上一些螭虎，画成一个横方的宽宽的大框，框内空处写诗。由荣宝斋精印，图案刷浅绿色。朋友们写诗的人很多，谁也没见过这样豪华的壮举。诗，陆续作了几十首，我给我的朋友闻一多看，他大喜若狂，认为得到了一个同道的知己。我的诗稿现已不存，只是一多所做《〈冬夜〉评论》一文里引录了我的一首《梦后》，诗很幼稚，但是情感是真的。

"吾爱啊!
你怎又推荐那孤单的枕儿,
伴着我眠,偎着我的脸?"
醒后的悲哀啊!
梦里的甜蜜啊!

我怨雀儿,
雀儿还在檐下蜷伏着呢!
他不能唤我醒——
他怎肯抛弃了他的甜梦呢?

"吾爱啊!
对这得而复失的馈礼,
我将怎样的怨艾呢?
对这缥缈浓甜的记忆,
我将怎样的咀嚼哟!"
孤零零的枕儿啊!
想着梦里的她,
舍不得不偎着你;
她的脸儿是我的花,
我把泪来浇你!

不但是白话，而且是白描。这首诗的故实是起于季淑赠我一个枕套，是她亲手缝制的，在雪白的绸子上，她用抽丝的方法在一边挖了一朵一朵的小花，然后挖出一串小孔穿进一根绿缎带，缎带再打出一个同心结。我如获至宝，套在我的枕头上，不大不小正合适。伏枕一梦香甜，蘴然惊觉，感而有作。其实这也不过是《诗经》所谓"寤寐无为，辗转伏枕"的意思。另外还有一首《咏丝帕》，内容还记得，字句记不得了。我与季淑约会，她从来不曾爽约，只有一次我候了一小时不见她到来。我只好懊丧的回去，事后知道是意外发生的事端使她迟到，她也是快快而返。我把此事告诉一多，他责备我未曾久候，他说："你不知道尾生的故事么？《汉书·东方朔传》注：'尾生，古之信士，与女子期于桥下，待之不至，遇水而死。'"这几句话给了我一个启示，我写一首长诗《尾生之死》，惜未完成，仅得片断。

四

两年多的时间过得好快，一九二三年六月我在清华行毕业礼，八月里就要放洋，这在我是一件很忧伤的事。我无意到美国去，我当时觉得要学文学应该留在中国，中国的文学之丰富不在任何国家之下,何必去父母之邦?但是季淑见事比我清楚,她要我打消这个想法,毅然准备出国。

行毕业礼的前些天,在清华礼堂晚上演了一出新戏《张约翰》,是顾一樵临时赶编的。戏里面的人物有两个是女的,此事大费踌躇,谁也不肯扮演女性。最后由吴文藻和我自告奋勇才告解决。我把这事告诉季淑,她很高兴。在服装方面向她请教,她答应全力帮助,她亲手为我缝制,只有鞋子无法解决,季淑的脚比我小得太多。后来借到我的图画教师、美籍黎盖特小姐的一双白色高跟鞋,在鞋尖处塞了好大一块棉花才能走路。我邀请季淑前去观剧,当晚即下榻清华,由我为她预备一间单独的寝室。她从来没到过清华,现在也该去参观一次。想不到她拒绝了。我坚请,她坚拒。最后她说:"你若是请黄淑贞一道去,我就去。"我才知道她需要一个伴护。那一天,季淑偕淑贞翩然而至,我先领她们绕校一周,在荷花池畔徘徊很久,在亭子里休息,然后送她们到高等科大楼的楼上我所特别布置的一间房屋,那原是学生会的会所,临时送进两张钢丝床。工友送茶水,厨房送菜饭,这是一个学生所能做到的最盛大的招待。在礼堂里,我保留了两席最优的座位。戏罢,我问季淑有何感受,她说:"我不敢仰视。"我问何故,她笑而不答。我猜想,是不是因为"良人者所仰望而终身也,今若是!"好久以后问她,她说不是:"我看你在台上演戏,我心里喜欢,但是我不知为什么就低下了头，我怕别人看我！"

清华的留学官费是五年，三年期满可以回国就业实习，余下两年官费可以保留，但实习不得超过一年。我和季淑约定，三年归来结婚。所以我的父母和我谈起我的婚事，我便把我和季淑的成约禀告。我的父母问我要不要在出国之前先行订婚，我说不必，口头的约定有充足的效力。也许我错误了。也许先有订婚手续是有益的，可以使我安心在外读书。

季淑的弟弟道宽在师大附中毕业之后，叔父们就忙着为他觅求职业。正值邮局招考服务人员，命他前去投考，结果考取了。季淑不以为然，要他继续升学。叔父们表示无力供给，季淑就说她可以担负读书费用。事实上季淑在女师附小任教的课余时间尚兼两个家馆，在董康先生、钟炳芬先生家里都担任过西席，宾主相得，待遇优厚，所以她有余力一面侍奉老母，一面供给弟弟，虽然工作劳累，但她情愿独力担起弟弟就学的负担。但是叔父们不赞成，明言要早日就业，分摊家用。他本人也不愿累及胞姐，乃决定就业。那份工作很重，后来感染结核之后力疾上班，终于不起。道宽就业不久，更严重的问题逼人而来。叔父们要他结婚，季淑乃挺身抗议，以为他的年纪尚小，健康不佳，应稍从缓。叔父们的意见以为授室之后才算是尽了提携侄辈的天职，于心方安。同时冷言讥诮："是不是你自己想在你弟弟之先结婚？"道宽怯懦，禁不起大家庭的压迫，遂遵命结婚。妻李氏，人很贤淑，不幸不久亦感染结核症相继而逝。

也许是一年多来我到石驸马大街去的回数太多了一点，大约五六十次总是有的。学生如王右家只注意到了程老师的漂亮，同事当中有几位有身世之感的人可就觉得看不顺眼。渐渐有人把话吹到校长孙世庆的耳里。孙先生头脑旧一些，以为青年男女胆敢公然缔交出入黉舍，纵然不算是大逆不道，至少是有失师道尊严，所以这一年夏天季淑就没收到续聘书。没得话说，卷铺盖。不同时代的人，观念上有差别，未可厚非。季淑也自承疏忽，不该贪恋那张鸳鸯椅，我们应该无间寒暑的到水榭旁边去见面；所以我们对于孙世庆没有怨言，倒是他后来在敌伪时期做了教育局长，晚节不终，以至于明正典刑，我们为他惋惜。季淑决定乘我出国期间继续求学，于是投考国立美术专科学校，专习国画，晚间两个家馆的收入足可维持生活。榜发获捷，我们都很欢喜。

除了一盒精致信笺、信封以外，我从来没送过她任何东西。我深知她的性格，送去也会被拒。那一盒文具，也是在几乎不愉快的情形之下才被收纳的。可是在长期离别之前不能不有馈赠，我在廊房头条太平洋钟表店买了一只手表，在我们离别之前最后一次会晤时送给了她。我解下她的旧的，给她戴上新的，我说："你的手腕好细！"真的，不盈一握。

季淑送我一幅她亲自绣的《平湖秋月图》，是用乱针方法绣成的，小小的一幅，不过7寸×10.2寸，有亭有水有船有树，是很好的一幅图画，配色尤为精绝。在她毕业于女高师的那一年夏天，她们毕业班曾集体作江南旅行，由南京、镇江、苏州、无锡、上海以至杭州，所有的著名风景区都游览殆遍。我们常以彼此游踪所至作为我们谈话的资料。我们都爱西湖，她曾问我西湖八景之中有何偏爱，我说我最喜"平湖秋月"，她也正有同感。所以她就根据一张照片绣成一幅图画给我。那大片的水，大片的天，水草树木，都很不容易处理。我把这幅绣画带到美国，被一多看到，大为击赏。他引我到一家配框店选择了一个最精美而又色彩最调和的框子，悬在我的室中，外国人看了认为是不可想象的艺术作品。可惜半个世纪以后，有些丝线脱跳，色彩褪了不少，大致还是完好的。

我在八月初离开北京。临行前一星期我请季淑午餐，地点是劝业场三楼玉楼春。我点了两个菜之后要季淑点，她是从来不点菜的，经我逼迫，她点了"两做鱼"，因为她偶然听人说起广和居的两做鱼非常可口，初不知是一鱼两做。饭馆也恶作剧，竟选了一条一尺半长的活鱼，半烧半炸，两大盘子摆在桌上，我们两个面面相觑，无法消受。这件事我们后来说给我们的孩子听，都不禁呵呵大笑。文蔷最近在饭馆里还打趣的说："妈，你要不要吃两做鱼？"这是我们年轻时候的韵事之一。事实上她是最喜欢吃鱼，如果有干烧鲫鱼佐餐，什么别的都不想要了。在我临行的前一天,她在来今雨轩为我饯行,那一天又是风又是雨。我到了上海之后,住在旅馆里,创造社的几位朋友天天来访,逼我给《创造周报》写点东西,辞不获已,写了一篇《凄风苦雨》,完全是季淑为我饯行时的忠实记录,文中的陈淑即是程季淑。其中有这样的几段:

雨住了。园里的景象异常清新,玳瑁的树枝缀着翡翠的树叶,荷池的水像油似的静止,雪氅黄喙的鸭子成群的叫。我们缓步走出水榭,一阵土湿的香气扑鼻;沿着池边小径走上两旁的甬道。园里还是冷清清的,天上的乌云还在互相追逐着。

"我们到影戏院去吧,天雨人稀,必定还有趣……"她这样的提议。我们便走进影戏院。里面观众果似晨星般稀少,我们便在僻处紧靠着坐下。铃声一响,屋里昏黑起来,影片像逸马一般在我眼前飞游过去,我的情思也跟着像机轮旋转起来。我们紧紧的握着手,没有一句话说。影片忽的一卷演讫,屋里光线放亮了一些,我看见她的乌黑眼珠正在不瞬的注视着我。

"你看影戏了没有?"

她摇摇头说:"我一点也没有看进去,不知是些什么东西在我眼前飞过……你呢?"

我笑着说:"和你一样。"

我们便这样的在黑暗的影戏院里度过两个小时。

我们从影戏院出来的时候,蒙蒙细雨又在落着,园里的电灯全亮起来了,照得雨湿的地上闪闪发光。远远的听到钟楼的当当的声音,似断似续的波送过来,只觉得凄凉黯淡……我扶着她缓缓的步入餐馆。疏细的雨点——是天公的泪滴,洒在我们身上。

她平时是不饮酒的,这天晚上却斟满一盏红葡萄酒,举起杯来低声的说:

"祝你一帆风顺,请尽这一杯!"

我已经泪珠盈睫了,无言的举起我的杯,相对一饮而尽。餐馆的侍者捧着盘子在旁边诧异的望着我们。

我们就是这样的开始了我们的三年别离。

五

一九二三年九月一日我到达美国,随即前往科罗拉多泉去上学。那是一个山明水秀的风景地,也有的是惝兮燎兮的人物,但是我心里想的是:

> 出其东门，有女如云。
> 虽则如云，匪我思存。
> 缟衣綦巾，聊乐我员。
> 出其闉闍，有女如荼。
> 虽则如荼，匪我思且。
> 缟衣茹藘，聊可与娱。

人心里的空间是有限的，一经塞满便再也不能填进别的东西。我不但游乐无心，读书也很勉强。

季淑来信报告我她顺利入学的情形，选的是西洋画系，很久时间都是花在素描上面；天天面对着石膏像，左一张右一张的炭画。后来她积了一大卷给我看，我觉得她画得相当好。她的线条相当有力，不像一般女子的纤弱。一多告诉我，素描是绘画的基本功夫，他在芝加哥一年也完全是炭画素描。季淑下半年来信说，她们已经开始画裸体模特儿了，男女老少的模特儿都有，比石膏像有趣得多。我买了一批绘画用具寄给她，包括木炭、橡皮、水彩、油料等等。这木炭和橡皮，比国内的产品好，尤其是那海绵似的方块橡皮，松软合用。国内学生用面包代替橡皮，效果当然不好。季淑用我寄去的木炭和橡皮，画得格外起劲，同学们艳羡不置，季淑便以多余的分赠给她的好友们。油画，教师们不准她们尝试，水彩还可以勉强一试。季淑有了工具，如何能不使用？偕了同学外出写生，大家用水彩，只有她有油料可用。她每次画一张画，都写信详告，我每次接到信，都仔细看好几遍。我写信给她，寄到美专，她特别关照过学校的号房工友，有信就存在那里，由她自己去取。有一次工友特别热心，把我的信转寄到她家里去。信放在窗台上，幸而没有被叔父们撞见，否则拆开一看，必定天翻地覆。

天翻地覆的事毕竟几乎发生。大约我出国两个月后，季淑来信，她的叔父们对她母亲说："大嫂，三姑娘也这么大了，老在外面东跑西跑也不像一回事，我们打算早一点给她完婚。××部里有一位科员，人很不错，年龄么……男人大个十岁八岁也没有关系。"这是通知的性质，不是商酌，更不是征求同意。这种情况早在我们料想之中，所以季淑按照我们预定计划应付，第一步是把情况告知黄淑贞，第二步是请黄家出面通知我的父母，由我父母央人出面正式作媒，同时由我作书禀告父母，请求作主，第三步是由季淑自己出面去恳求比较温和开通的八叔（缵丞先生），惠予谅解。关键在第三步。她不能透露我们已有三年的交往，更不能说已有成言，只能扯谎，说只和我见过一面，但已心许。八叔听了觉得好生奇怪，此人既已去美，三年后才能回来，现在订婚何为？假使三年之后有变化呢？最后他明白了，他说："你既已心许，我们也不为难你，现在一切作为罢论，三年以后再说。"这是最理想的结果，由于季淑的善

野渡り無人舟自横
戊戌～冬奉作

于言辞,我们原来还准备了第四步,但是不需要了。可是此一波折,使我心情久久不能平复。

北京国立八校的教职员因政府欠薪而闹风潮,美专奉令停办。季淑才学了一年素描即告失学。一九二四年夏,我告别了风景优美的科罗拉多泉而进入哈佛研究院,季淑离开了北京而就教职于香山慈幼院。一九一七年熊希龄凭其政治地位领有香山全境,以风景最佳之"双清"为其别墅,以放领土地之收入举办慈幼院,由其夫人主持之。因经费宽裕,校址优美,慈幼院在北京颇有小名。季淑受聘是因为她爱那个地方。凡是名山胜水,她无不喜爱,这是她毕生的嗜好。在香山两年,她享尽了清福,虽然那里的人事复杂。一群蝇营狗苟的势利之辈环拱着炙手可热的权贵人家。季淑除了教书之外,一切不闻不问。她的宿舍离教室很远,要爬山坡,并且有数百级石阶,上下午各走一趟,但不以为苦。周末常约友好骑驴,游踪遍及八大处。西山一带的风景,她比我熟,因为她在香山有两年的勾留。

季淑的宿舍在山坡上,她的一间是在一排平房的中间,好像是第三个门。门前有一条廊檐。有一天阴霾四合,山雨欲来,一霎间乌云下坠,雨骤风狂。在山地旷野看雨,是有趣的事。季淑独在檐下站着,默默的出神,突然一声霹雳,一震之威几乎使她仆地,只见熊熊一团巨火打在离她身边不及十余尺的石桌石凳之上,白石尽变成黑色,硫磺的臭味历久不散。她说给我听，犹有余悸。

我们通信全靠船运，需十余日方能到达，但不必嫌慢，因为如果每天写信隔数日付邮，差不多每隔三两天都可以收到信。我们是每天写一点，积一星期可得三数页，一张信笺两面写，用蝇头细楷写，这样的信收到一封可以看老大半天，三年来我们各积得一大包。信的内容有记事，有抒情，有议论，无体不备。季淑把我的信收藏在一个黑漆的首饰匣里，有一天忘了锁，钥匙留插在锁孔里，大家唤做小方的一位同事大概平素早就留心，难逢的机会焉肯放过，打开匣子开始阅览起来，临走还带了几封去。小方笑呵呵的把信里的内容背诵几段，季淑才发现失窃。在几经勒索、要挟之下才把失物赎回。我曾选读"伯朗宁[①]与丁尼孙[②]"一门功课，对伯朗宁的一首诗 *One Word More* 颇为欣赏，我便摘了下列三行诗给季淑看：

> God be thanked, the meanest of his creatures
> Boasts two soul-sides, one to face the world with,
> One to show a woman when he loves her.
> 感谢上帝，他的最卑微的主人，

---

① 后来译为勃朗宁。——编者注
② 后来译为丁尼生。——编者注

也有两面的灵魂，一面对着世人，
一面给他所爱的女人看。

不过伯朗宁还是把他的情诗公诸于世了。我的书信不是预备公开的，于一九四八年冬离家时付之一炬。小方看过其中的几封信，不知道她看的时候心中有何感受。

六

三年的工夫过去了。一九二六年七月间，"麦金莱总统"号在黎明时抵达吴淞口外抛锚候潮，我听到青蛙鼓噪，我看到滚滚浊流，我回到了故国。我拿着梅光迪先生的介绍信到南京去见胡先骕先生，取得国立东南大学的聘书，就立刻北上天津。我从上海致快函给季淑，约她在天津会晤，盘桓数日，然后一同返京，她不果来，事后她向我解释，"名分未定，行为不可不检"，我觉得她的想法对，不能不肃然起敬。邓约翰①（John Donne）有一首诗《出神》（The Extasie），其中有两节描写一对情侣的关系，真是恰如分际：

---

① 后来译为约翰·邓恩。——编者注

Our hands were firmly cimented
 With a fast balme, which thence did spring,
Our eye-beames twisted, and did thred
 Our eyes, upon one double string;

So to'entergraft our hands, as yet
 Was all the means to make us one,
And pictures in our eyes to get
 Was all our propagation.

我们的手牢牢的握着,
 手心里冒出黏黏的汗,
我们的视线交缠,
 拧成双股线穿入我们的眼;

两手交接是我们当时
 惟一途径使我们融为一体,
眼中倩影是我们
 所有的产生出来的成绩。

久别重逢,相见转觉不能交一语。季淑说:"华,你好像瘦了一些。"当然，怎能不瘦？她也显得憔悴。我们所谈的第一桩事是商定婚期，暑假内是不可能，因为在八月底我要回到南京去授课，遂决定在寒假里结婚。这时候有人向香山慈幼院的院长打小报告："程季淑不久要结婚了，下半年的聘书最好不要发给她。"季淑不欲在家里等候半年，她需要一个落脚处。她的一位朋友孙亦云女士任公立第三十六小学校长，学校在北新桥附近府学胡同，承她同情，约请季淑去做半年的教师。

我到香山去接季淑搬运行李进城是一件难忘的事。一清早我雇了一辆汽车，车身高高的，用曲铁棍摇半天才能发动引擎的那样的汽车，出城直奔西山，一路上汽车喇叭呜呜叫，到达之后她的行李早已预备好，一只箱子放进车内，一个相当庞大的铺盖卷只好用绳子系在车后。我们要利用这机会游览香山。季淑引路，她非常矫健，身轻似燕，我跟在后面十分吃力，过了双清别墅已经气喘如牛，到了半山亭便汗流浃背了。季淑把她撑着的一把玫瑰紫色的洋伞让给我，也无济于事。后来找到一处阴凉的石头，我们坐了下来。正喘息间，一个卖烂酸梨的乡下人担着挑子走了过来，里面还剩有七八只梨，我们便买了来吃。在口燥舌干的时候，烂酸梨有如甘露。抬头看，有小径盘旋通往山巅，据说有十八盘，山巅传说是清高宗重阳登高的所在，旧名为重阳亭，实际上并没有亭子，如今俗名为"鬼见愁"。季淑问我有无兴趣登高一望，我说鬼见犹愁，我们不去也罢。她是去过很多次的。

我们在西山饭店用膳之后，时间还多，索性尽一日之欢，顺道前往玉泉山。玉泉山是金、元、明、清历代帝王的行宫御苑，乾隆写过一篇《玉泉山记》，据说这里的水质优美，饮之可以长寿，赐名为"天下第一泉"。如今宫殿多已倾圮，沦为废墟，惟因其已荒废，掩去了它的富丽堂皇的俗气，较颐和园要高雅很多。我们一进园门就被一群穷孩子包围，争着要做向导，其实我们不需向导，但是孩子们嚷嚷着说："你们要喝泉水，我有干净杯子；你们要登玉峰塔，我给你们领取钥匙……"无可奈何，拣了一个老实相的小孩子。他真亮出一只杯子，在那细石流沙、绿藻紫荇历历可数的湖边喷泉处舀了一杯泉水，我们共饮一杯，十分清冽。随后我们就去登玉峰塔，塔在山顶，七层九丈九尺，盘旋拾级而上，嘱咐小孩在下面静候。我们到达顶层，就拂拂阶上的尘土，坐下乘凉，真是一个好去处。好像不大的工夫，那孩子通通通的蹿上来了，我问他为什么要上来，他说他等了好久好久不见人下来，所以上来看看。于是我们就拾级而下，我对季淑说："你不记得我们描过的红模子么？'王子去求仙，丹成上九天。洞中方七日，人世几千年。'塔上面和塔下面时间过得快慢原不相同。"相与大笑。回到城里，我送季淑到黄淑贞家，把行李卸下我就走了，以后我们几次晤见是在三十六小学。

暑假很快的过去，我到南京去授课。在东南大学校门正对面有一条小巷，蓁巷，门牌四号是过探先教授新建的一栋平房，召租。一栋房分三个单位，各有四间。房子不肯分租，我便把整栋房子租了下来，一年为期。我自占中间一所，右边一所分给余上沅、陈衡粹夫妇，左边一所分给张景钺、崔芝兰夫妇，三家均摊房租，三家都是前后准备新婚。我搬进去的第一天，真是家徒四壁，上沅和我天天四处奔走购置家具等物。寝室墙刷粉红色，书房淡蓝色。有些东西还需要设计定制。足足忙了几个月，我写信给季淑："新房布置一切俱全，只欠新娘。"房子有一大缺点，寝室后边是一大片稻田，施肥的时候必须把窗紧闭，生怕这一点新娘子感到不满。

南京冬天也相当冷，屋里没有取暖的设备。季淑用蓝色毛绳线给我织了一条内裤，由邮寄来。一排四颗黑扣子，上面的图案是双喜字。我穿在身上说不出的温暖，一直穿了几十年。这半年季淑很忙，一面教书一面筹备妆奁，利用她六年来的积蓄置办了四大楠木箱的衣物，没有一个人帮她一把忙。

七

我们结婚的日子是一九二七年二月十一日，行礼的地点是北京南河沿欧美同学会。这是我们请出媒人正式往返商决的。

婚前还要过礼，亦曰"放定"，言明一切从简，那两只大呆鹅也免了，甚至许多人所期望的干果、饼饵之类也没有预备。只有一具玉如意，装在玻璃匣里，还有两匣首饰，由媒人送到女家。如意是代表什么，我不知道，有人说像灵芝，取其吉祥之意，有人则说得很难听。这具如意是我们的传家之宝，平常高高的放在上房条案上的中央，左金钟，右玉磬，永远没人碰的。有了喜庆大事，才拿出来使用，用毕送还原处。以我所知，在我这回订婚以后还没有使用过一次。新娘子服装照例由男家准备，我母亲早已胸有成算，不准我开口。母亲带着我大姐到瑞蚨祥选购两身衣料，一身上衣与裙是粉红色的缎子，行婚礼时穿，一身上衣是蓝缎，裙子是红缎，第二天回门穿。都是全身定制绣花。母亲说若是没有一条红裙子，便不能成为一个新娘子；她又说冬天冷，上衣非皮毛不可，于是又选了两块小白狐。衣服的尺寸由女家开了送来，我母亲一看大惊："一定写错了，腰身这样小，怎穿得上！"托人再问，回话说没错，我心中暗暗好笑，我早知道没错。棉被由我大姐负责缝制，她选了两块被面，一床洋妃色，一床水绿色，最妙的是她在被的四角缝进了干枣、花生、桂圆、栗子四色干果，我在睡觉的时候硌了我的肩膀，季淑告诉我这是取吉利，"早生贵子"之意。季淑不知道我们备了枕头，她也预备了一对，枕套是白缎子的，自己绣了红玫瑰花在角上，鲜艳无比，我舍不得用，留到如今。她又制了一个金质的项链,坠着一个心形的小盒,刻着我们两个的名字。这时候我家住在大取灯胡同一号,新房设在上屋西套间,因为不久要到南京去,所以没有什么布置,只是换了新的窗幔,买了一张新式的大床。

结婚那天,晴而冷。证婚人由我父亲出面请了贺履之(良朴)先生担任,他是我父亲一个酒会的朋友,年高有德,而且是山水画家,当时一位名士。本来熊希龄先生曾对季淑自告奋勇愿为证婚,我们想想还是没有劳驾。张心一、张禹九两位同学是男傧相,季淑的美专同学孪生的冯棠、冯棣是女傧相。两位介绍人,只记得其一姓翁。主婚人是我父亲和季淑的四叔梓琴先生。

婚礼订在下午四时举行,客人差不多到齐了,新娘不见踪影。原来娶亲的马车到了女家,照例把红封从门缝塞进去之后,里面传话出来要递红帖:"没有红帖怎行?我们知道你是谁?"事先我要求亲迎,未被接纳,实不知应备红帖。僵持了半天,随车的人员经我父亲电话中指示临时补办,到荣宝斋买了一份红帖请人代书,总算过了关。可是彩车到达欧美同学会的时候暮霭渐深。这是意外事,也是意中事。

我立在阶上,看见季淑从二门口由两人扶着缓缓的沿着旁边的游廊走进礼堂,后面两个小女孩牵纱。张禹九用胳膊肘轻轻触我说:"实秋,嘿嘿,娇小玲珑。"我觉得好像有人在我耳边吟唱着彭士①（Rober Burns）的几行诗：

> She is a winsome wee thing,
> She is a handsome wee thing,
> She is a lovesome wee thing,
>   This sweet wee wife o'mine.

> 她是一个媚人的小东西，
> 她是一个漂亮的小东西，
> 她是一个可爱的小东西，
>   我这亲爱的小娇妻。

事实上凡是新娘没有不美的。萨克令②（Sir John Suckling）的一首《婚礼曲》（*A Balled upon a Wedding*）就有几节很好的描写：

> The maid and thereby hangs a tale;
> For such a maid no Whitsun-ale,

---

① 后来译为彭斯。——编者注
② 后来译为萨克林。——编者注

  Could ever yet produce;
No grape, that's kindly ripe, could be,
So round, so plump, so soft as she,
  Nor half so full of juice.

Her finger was so small the ring,
Would not stay on, which they did bring,
  It was too wide a peck;
And to say truth (for out it must),
It looked like the great collar (just)
  About our young colt's neck.

Her feet beneath her petticoat,
Like little mice stole in and out,
  As if they feared the light;
But oh, she dances such a way,
No sun upon an Easter day
  Is half so fine a sight!

Her cheeks so rare a white was on,
No daisy makes comparison;

(Who sees them is undone),
For streaks of red were mingled there,
Such as are on a Katherene pear,
(The side that's next the sun).

Her lips were red, and one was thin,
Compared to that was next her chin
(Some bee had stung it newly);
But, Dick, her eyes so guard her face
I durst no more upon them gaze,
Than on the sun in July.

Her mouth so small, when she does speak,
Thou'dst swear her teeth her words did break,
That they might passage get;
But she so handled still the matter,
They came as good as ours, or better,
And are not spent a whit.

讲到新娘（说来话长），
像她那样的姑娘，

圣灵降临的庆祝会里尚未见过；
没有树熟的葡萄像她那样红润，
那样圆，那样丰满，那样细嫩，
　　汁浆有一半那样的多。

她的手指又细又小，
戒指戴上去就要溜掉，
　　因为太松了一点；
老实说（非说不可），
恰似小驹的颈上套着
　　一只大的项圈。

她裙下露出两只脚，
老鼠似的出出进进的跑，
　　像是怕外面的光亮；
但是她的舞步翩翩，
太阳在复活节的那一天，
　　也没有那样美的景象！

她的两颊白得出奇，
没有雏菊能和她相比；

（令人一见魂儿飞上天了），
因为那白里还带着红色，
活像是枝头的小梨一个，
　　（朝着太阳的那一边）。

她的唇是红的；一片很薄，
挨近下巴的那片就厚得多
　　（必是才被蜜蜂螫伤）；
但是，狄克，她的两眼保护着脸
我不敢多看一眼，
　　有如对着七月的太阳。

她的嘴好小，说起话来，
她的牙齿要把字儿咬碎，
　　以便从嘴里挤送出去；
但是她处理得很得法，
谈吐不比我们差，
　　而且一点也不吃力。

　　季淑那天头上戴着茉莉花冠。脚上穿的一双高跟鞋，为配合礼服，是粉红色缎子做的，上面缝了一圈的亮片，走起路来一闪一闪。因戒指太松而把戒指丢掉的不是她，是我，我不知在什么时候把戒指甩掉了，她安慰我说："没关系，我们不需要这个。"

证婚人说了些什么话，根本就没有听进去，现在一个字也不记得。我只记得赞礼的人喊了一声"礼成"，大家纷纷拥向东厢入席就餐。少不了有人向我们敬酒，我根本没有把那小小酒杯放在眼里。黄淑贞突然用饭碗斟满了酒，严肃的说："季淑，你以后若是还认我做朋友，请尽此碗。"季淑一声不响端起碗来汩汩的喝了下去，大家都吃一惊。

回到家中还要行家礼，这是预定的节目。好容易等到客人散尽，两把太师椅摆在堂屋正中，地上铺了红毡子，请父母就座，我和季淑双双跪下磕头，然后闹哄到午夜，父母发话："现在不早了，大家睡去吧。"

罗赛蒂（D.G.Rossetti）有一首诗《新婚之夜》（*The Nuptial Night*），他说他一觉醒来看见他的妻懒洋洋的酣睡在他身旁，他不能相信那是真的，他疑心是在做梦。梦也好，不是梦也好，天刚刚亮，季淑骨碌爬了起来，梳洗毕换了一身新装，蓝袄红裙，红缎绣花高跟鞋，在穿衣镜前面照了又照，侧面照，转身照。等父母起来她就送过去两盏新沏的盖碗茶。这是新媳妇伺候公婆的第一幕。早餐罢，全家人聚在上房，季淑启开她的箱子，把礼物一包一包的取出来，按长幼顺序每人一包，这叫做开箱礼，又叫做见面礼，无非是一些帽鞋日用之物，但是季淑选购甚精，使得家人皆大欢喜。我袖手旁观，说道："哎呀！还缺一份——我的呢？"惹得哄堂大笑。

次一节目是我陪季淑"回门"。进门第一桩事是拜祖先的牌位，一个楠木龛里供着一排排的程氏祖先之神位，多到不可计数，可见绩溪程氏确是一大望族，我们纳头便拜，行最敬礼。好像旁边还有人念念有词，说到三姑娘三姑爷什么什么的，我当时感觉我很光荣的成了程家的女婿。拜完祖先之后便是拜见家中的长辈，季淑的继祖母尚在，其次便是我的岳母，叔父辈则有四叔、七叔（荫庭先生）、九叔（荫轩先生），八叔已去世。婶婶则四婶就有两位，然后六婶、七婶、八婶、九婶。我们依次叩首，我只觉得站起来跪下去忙了一大阵。平辈相见，相互鞠躬。随后便是盛筵款待，我很奇怪季淑不在席上，不知她躲在哪里，原来是筵席以男性为限。谈话间我才知道，已去世的六叔还曾留学俄国，编过一部《俄华字典》，刊于哈尔滨。

第三天，季淑病倒，腹泻。我现在知道那是由于生活过度紧张，睡了两天她就好了。

过了十几天，时局起了变化，国民革命军北伐逐步迫近南京。母亲关心我们，要我们暂且观望不要急急南下。父亲更关心我们，把我叫到书房私下对我说："你现在已经结了婚，赶快带着季淑走，机会放过，以后再想离开这个家庭就不容易了，不要糊涂，别误解我的意思。立刻动身，不可迟疑。如果遭遇困难，随时可以回来。我观察这几天，季淑很贤慧而能干，她必定会成为你的贤内助。你运气好，能娶到这样的一个女子。男儿志在四方，你去吧！"父亲说到这里，眼圈红了。

我商之于季淑，她遇大事永远有决断，立刻启程。父亲嘱咐，兵荒马乱的时候，季淑必须卸下她的鲜艳的服装，越朴素越好。她改着黑哔叽裙黑皮鞋，上身驼绒袄之外罩上一件粗布褂。我记得清清楚楚，布褂左下角有很大的一个缝在外面的衣袋，好别致。我们搭的是津浦路二等卧车（头等车被军阀们包用了），二等车男女分座，一个车厢里分上下铺，容四个人，季淑分得一个上铺。车行两天一夜，白天我们就在饭车上和过路的地方一起谈天，观看窗外的景致，入夜则分别就寝。

车上睡不稳，一停就醒，醒来我就过去看看她。她的下铺是一位中年妇女，事后知道她是中国银行司库吴某的太太，她第二天和季淑攀谈：

"你们是新结婚的吧？"

"是的，你怎么知道？"

"看你那位先生，一夜的工夫他跑过来看你有十多趟。"这位吴太太心肠好，我们渡江到下关，她知道我们没有人接，便自动表示她有马车送我们进城。我们搭了她的车直抵蓁巷。

这时候南京市面已经有些不稳，散兵游勇满街跑，遇到马车就征用。我们在蓁巷一共住了五天，躲在屋里，什么地方也没去。事实上我们也不想出去。渐渐的听到遥远的炮声。我的朋友李辉光、罗清生来,他们都是单身汉,劝我偕眷到上海暂避。罗清生和一家马车行的老板有旧,特意为我雇来马车,我们便邀同新婚的余上沅夫妇一同出走。可怜我煞费苦心经营的新居从此离去,当时天真的想法是政治不会过分影响到学校,不久还可以回来,所以行李等物就承洪范五先生的帮忙,寄存在图书馆地下室。马车走了不远,就有两名大兵持枪吓阻,要搭车到下关,他们不由分说跳上了车旁的踏脚板,一边一个像是我们的卫兵,一路无阻直达江滨。到上海的火车已断,我们搭上了太古的轮船,奇怪的是头等客房只有我们两对,优哉游哉倒真像是蜜月中的旅行。

八

我们在上海三年的生活是艰苦的,情形当然是相当狼狈。有人批评孔子为"累累若丧家之狗",孔子欣然笑曰:"形状未也,而似丧家之狗,然哉然哉!"

季淑的大姑住在上海(大姑父汪运斋先生),她的二女婿程培轩一家返徽省亲,空出的海防路住所借给我们暂住了半个月。这是我们婚后初次尝到安定畅快的生活。随后我们就租了爱文义路众福里的一栋房子,那是典型的上海式标准的一楼一底的房,比贫民窟要算是差胜一筹,因为有电灯、自来水的设备,而且门窗户壁俱全。关于这样的房子我写过一篇小文《住一楼一底房者的悲哀》,其中有这样几段:

> 一楼一底的房没有孤零零的一所矗立着的,差不多都像鸽子窝似的一大排,一所一所的构造的式样大小,完全一律,就好像从一个模型里铸出来的一般。我顶佩服的就是当初打图样的土著工程师,真能相度地势,节工省料,譬如五分厚的一垛山墙就好两家合用,王公馆的右面一垛山墙,同时就是李公馆的左面的山墙,并且王公馆若是爱好美术,在右面山墙上钉一个铁钉子,挂一张美女月份牌,那么李公馆在挂月份牌的时候就不必再钉钉子,因为这边钉一个钉子,那边就自然而然地会钻出一个钉头儿。
>
> 房子虽然以一楼一底为限,而两扇大门却是方方正正的,冠冕堂皇,望上去总不像是我所能租赁得起的房子的大门。门上两个铁环是少不得的,并且还是小不得的。……门环敲得啪啪响的时候,声浪在周围一二十丈以内的范围都可以很清晰播送得到。一家敲门,至少有三家应声"啥人?",至少有两家拔闩启锁,

至少有五家人从楼窗中探出头来。

"君子远庖厨",住一楼一底的人简直没有法子上跻于君子之伦。厨房里杀鸡,无论躲在哪一墙角都可以听见鸡叫(当然这是极不常有之事),厨房里烹鱼,我可以嗅到鱼腥,厨房里升火,就可以看见一朵一朵乌云在眼前飞过。自家的厨房既没法可以远,隔着半垛墙的人家的庖厨离我还是差不多的近……

厨房之上,楼房之后,有所谓亭子间者,住在里面真可说是冬冷而夏热,厨房烧柴的时候,一缕缕的青烟从地板缝中冉冉上升。亭子间上面又有所谓晒台者,名义是为晾晒衣服之用,实际常是人们乘凉、打牌、开放留声机的地方,还有人在晒台上另搭一间小屋堆置杂物。别看一楼一底,其中有不少曲折。

这一段话虽然不免揶揄,但是我们并无埋怨之意。我们虽然僦居穷巷,住在里面却是很幸福的。季淑和我同意,世界上没有一个地方比自己的家更舒适,无论那个家是多么简陋、多么寒伧。这个时候我在《时事新报》编一个副刊《青光》,这是由于张禹九的推荐临时的职业,每天夜晚上班发稿。事毕立刻回家,从后门进来匆匆登楼,季淑总是靠在床上看书等着我。

"你上楼的时候,是不是一步跨上两级楼梯?"她有一次问我。

"是的，你怎么知道？"

"我听着你的通通响的脚步声，我数着那响声的次数，和楼梯的级数不相符。"

我的确是恨不得一步就跨进我的房屋。我根本不想离开我的房屋。吾爱吾庐。

我们在爱文义路住定之后，暑期中，我的妹妹亚紫和她的好友龚业雅女士于女师大毕业后到上海来，就下榻于我们的寓处。下榻是夸张语，根本无榻可下，我便和季淑睡在床上，亚紫、业雅睡在床前地板上。四个年轻人无拘无束的狂欢了好多天，季淑曲尽主妇之道。出于业雅的堂兄业光的引介，我和亚紫、业雅都进了国立暨南大学服务。亚紫和业雅不久搬到学校的宿舍。随后我母亲返回杭州娘家去小住，路过上海也在我们寓所盘桓了几天。头一天季淑自己下厨房，她以前从没有过烹饪的经验，我有一点经验，但亦不高明，我们两人商量着作弄出来四个菜，但是季淑煮米放多了水变成粥，急得哭了一场。母亲大笑说："喝粥也很好。"这一次失败给季淑的刺激很大。她说："这是我受窘的一次，毕生不能忘。"以后她对烹饪就很悉心研究。

怀孕期间各人的反应不同。季淑于婚后三四个月即开始感觉恶心呕吐，想吃酸东西，这样一直闹到分娩那一天才止。

一九二七年十二月一日（阴历十一月初八），我们的大女儿文茜生。预先约好的产科张湘纹临时迟迟不来，只遣护士照料，以致未能善尽保护孕妇的责任，使得季淑产后将近三个月才完全复原。她本想能找得一份工作，但是孩子的来临粉碎了一切的计划。她热爱孩子，无法分身去谋职业，亦无法分神去寻娱乐。六年之间四次生产，她把全部时间与精力奉献给了孩子。

第二年我们迁居到赫德路安庆坊，是二楼二底房，宽绰了一倍，但是临街往来的电车之唏哩哗啦、叮叮当当从黎明开始一直到深夜，地都被震动，床也被震动。可是久之也习惯了。我的内弟道宽这一年去世，弟妇士馨也相继而殁，我和季淑商量把我的岳母接到上海来奉养。于是我们搭船回到北京回家小住，然后接了我的岳母南下。在这房子里季淑生下第二个女儿（三岁时夭折，瘗于青岛公墓）。季淑的身体本弱，据我的岳母告诉我，庚子之乱，她们一家逃避下乡，生活艰苦，季淑生于辛丑年二月，先天不足，所以自小羸弱。季淑连生两胎，体力消耗太大，对于孕妇保健的知识我们几等于零，所以她就吃亏太多，我事后悔恨无及。幸亏有她的母亲和她相伴，她在精神上得到平安，因为她不再挂念她的老母。我看见季淑心情宁静，我亦得到无上的安慰。

这一年我父亲游杭州，路过上海也来住了几天。季淑知道我父亲的日常生活的习惯和饮食的偏好，侍候惟恐不周。他洗脸要用大盆，直径要在二尺以上，季淑就真物色到那样大的洋瓷盆。他喝茶要用盖碗，水要滚，茶叶要好，泡的时间要不长不短，要守候着在正合宜的时候捧献上去，这一点季淑也做到了。我父亲说除了我的母亲之外，只有季淑泡的茶可以喝。父亲喜欢冷饮，季淑自己制做各种各样的饮料，她认为酸梅汤只有北京信远斋的出品才够标准。早点巷口的生煎包子就可以了，她有时还要到五芳斋去买汤包。每餐菜肴，她尽其所能去调配，自更不在话下。亚紫、业雅也常在一起陪伴，是我们家里最热闹的一段时期。父亲临走，对季淑着实夸奖了一番，说她带着两个孩子操持家务确是不易。

第三年我们搬到爱多亚路一〇一四弄，是一栋三楼的房子，虽然也是弄堂房子，但有了阳台、壁炉、浴室、卫生设备等等。一九三〇年四月十六日（阴历三月十八），在这里季淑生下第三胎，我们惟一的儿子文骐。照顾三个孩子，很不简单，单是孩子的服装就大费周章。季淑买了一架胜家缝纫机，自己做缝纫，连孩子的大衣也是自己做。她在百忙中没有忘记修饰自己。她把头发剪了，不再有梳头的麻烦，额前留着刘海，所谓"boyish bob"，是当时最流行的发式。旗袍短到膝盖，高领短袖。她自己的衣服也是大部分自己做，找裁缝匠反倒不如意。我喜欢看她剪裁，有时候比较质地好的材料铺在桌上，左量右量，画线再画线，拿着剪刀迟迟不敢下手，我就在一旁拍着巴掌唱起儿歌："功夫用得深，铁杵磨成针，功夫用得浅，薄布不能剪！"她把我推开，"去你的！"然后她就咔吱咔吱的剪起来了。她很快的把衣服做好，穿起来给我看，要我批评，除了由衷的赞美之外，还能说什么？

我在光华、中国公学两处兼课，真茹、徐家汇、吴淞是一个大三角，每天要坐电车、野鸡汽车、四等火车赶到三处地方，整天奔波，所以每天黎明即起，厨工马兴义给我预备极丰盛的一顿早点，季淑不放心，她起来监督，陪我坐着用点，要我吃得饱饱的，然后伴我走到巷口看我搭上电车才肯回去。这一年我母亲带着五弟到杭州去，路过上海在我们家住了些日子。

我们右邻是罗努生、张舜琴夫妇，左邻是一本地商人，再过去是我的妹妹亚紫和妹夫时昭涵，再过去是同学孟宪民一家，前弄有时昭静和夏彦儒夫妇，丁西林独居一栋。所以巷里熟人不少。努生一家最不安宁，夫妻勃谿，时常动武，午夜爆发，张舜琴屡次哭哭啼啼跑到我家诉苦。家务事外人无从置喙，结果是季淑送她回去。我们当时不懂，既成夫妻，何以会反目，何以会争吵，何以会仳离。季淑常天真的问我："他们为什么要离婚？"

有一天中秋前后，徐志摩匆匆的跑来，对我附耳说："胡大哥请吃花酒，要我邀你去捧捧场。你能不能去，先去和尊夫人商量一下，若不准你去就算了。"我问要不要去约努生，他说：

"我可不敢,河东狮子吼,要天翻地覆,惹不起。"我上楼去告诉季淑,她笑嘻嘻的一口答应:"你去嘛,见识见识。喂,什么时候回来?""当然是,吃完饭就回来。"胡先生平素应酬未能免俗,也偶尔叫条子侑酒,照例到了节期要去请一桌酒席。那位姑娘的名字是"抱月",志摩说大概我们胡大哥喜欢那个月字是古月之月,否则想不出为什么相与了这位姑娘。我记得同席的还有唐腴庐和陆仲安,都是个中老手。入席之后照例每人要写条子召自己平素相好的姑娘来陪酒。我大窘,胡先生说:"由主人代约一位吧。"约来了一位坐在我身后,什么模样,什么名字,一点也记不得了。饭后还有牌局,我就赶快告辞。季淑问我感想如何,我告诉她:买笑是痛苦的经验,因为侮辱女性,亦即是侮辱人性,亦即是侮辱自己。男女之事若没有真的情感在内,是丑恶的。这是我在上海三年惟一的一次经验,以后也没再有过。

九

由于杨金甫的邀请,我到青岛去教书。这是一九三〇年夏天的事。我们乘船直赴青岛,先去参观环境,闻一多偕行。我们下榻于中国旅行社,雇了两辆马车环游市内一周,对于青岛的印象非常良好,季淑尤其爱这地方的清洁与气候的适宜,与上海相比,不啻霄壤。我们随即乘火车返回北平度过一个暑假,我的岳母回到程家。

在青岛鱼山路四号,我们租到一栋房子,楼上四间楼下四间。这地点距离汇泉海滩很近,约十几分钟就可以走到。季淑兴致很高,她穿上了泳装,和我偕孩子下水。孩子用小铲在沙滩上掘沙土,她和我就躺在沙滩上晒太阳,玩到夕阳下山还舍不得回家。有时候我们坐车到栈桥,走上伸到海中的长长的栈道,到尽端的亭子里乘凉。海滨公园也是我们爱去的地方,因为可以在乱石的缝里寻到很多的小蟹和水母,同时这里还有一个水族馆。第一公园有老虎和其他的兽栏,到了春季樱花盛开,可真是蔚为大观,季淑叹为奇景,一去辄留连不忍走。后来她说美国西雅图或美京华盛顿的樱花品种不同,虽然也颇可观,但究比青岛逊色。我有同感。

我为学校图书馆购书赴沪一行,顺便给季淑买了一件黑绒镶红边的背心,可以穿在旗袍外面,她很喜欢,尤其是因为可以和她的一双黑漆皮镶红边的高跟鞋相配合。季淑在这时候较前丰腴,容颜焕发,洋溢着母性的光辉。我的朋友们很少在青岛有眷属,杨金甫、赵太侔、黄任初等都有家室,但都不知住在什么地方。闻一多一度带家眷到青岛,随即送还家乡。金甫屡次善意劝我,不要永远守在家里,暑期不妨一个人到外面海

珍藏一片落叶

珍藏这一个年份

阔天空的跑跑，换换空气。我没有接受他的好意。和谐的家室，空气不需要换。如果需要的话，镇日价育儿持家的妻子比我更有需要。

父亲慕青岛名胜，来看我们，住了十二天。我们天天出去游玩。有一天，季淑到大雅沟的菜市买来一条长二尺以上的鲥鱼，父亲大为击赏。肥城桃、莱阳梨、烟台的葡萄与苹果，都可以说是天下第一，我们放量大嚼，而德人开的弗劳塞饭店的牛排与生啤酒尤为令人满意。张道藩从贵州带来的茅台酒，也成了我们孝敬父亲的无上佳品。有一晚父亲和我关起门来私谈，他把我们家的历史从我祖父起原原本本的讲述给我听，都是我从前没有听到过的。他说："有些事不足为外人道，不必对任何人提起，但不妨告诉季淑知道。"最后他提出两点叮嘱，他说他垂垂老矣，迫切期望我们能有机会在北平做事，大家住在一起，再就是关于他将来的身后之事。我当天夜晚把这些话告诉了季淑，她说："父亲开口要我们回去，我们还能有什么话说。"

第二年，我们搬到鱼山路七号居住。是新造的楼房，四上四下，还有地下室，前院亦尚宽敞。房东王德溥先生，本地人，具有山东人特有的忠厚朴实的性格，房东、房客之间相处甚得。我们要求他在院里栽几棵树，他唯唯否否，没想到第二天他就率领着他的儿子押送两大车的树秧来了。六棵樱花、四棵苹果、两棵西府海棠，把小院种得满满的。树秧很大，第二年即开始着花，樱花都是双瓣的，满院子的蜜蜂嗡嗡声。苹果第二年也结实不少，可惜等不到成熟就被邻居的恶童偷尽。西府海棠是季淑特别欣赏的，胭脂色的花苞，粉红的花瓣，衬上翠绿的嫩叶，真是娇艳欲滴。

我们住定之后就设法接我的岳母来住，结果由季淑的一位表弟刘春霖护送到青岛。这样我们才安心。季淑身体素弱，第四度怀孕使她狼狈不堪，于一九三三年二月二十五日（阴历二月初二）生文蔷，由她的女高师同学王绪贞接生，得到特别小心照护，我们终身感激她。分娩之后不久，四个孩子同时感染猩红热，第二女不幸夭折。做母亲的尤为伤心。入葬的那一天，她尚不能出门，于冰霰霏霏之中，我看着把一具小棺埋在第一公墓。

青岛四年之中我们的家庭是很快乐的。我的莎士比亚翻译在这时候开始，若不是季淑的决断与支持，我是不敢轻易接受这一份工作的。她怕我过劳，一年只许我译两本，我们的如意算盘是一年两本，二十年即可完成，事实上用了我三十多年的工夫！我除了译莎氏之外，还抽空译了《织工马南传》、《西塞罗文录》，并且主编天津《益世报》的一个文艺周刊。季淑主持家务，辛苦而愉快，从来没有过一句怨言。我们的家座上客常满，常来的客如傅肖鸿、赵少侯、唐郁南都常在我们家吃便饭，学生们常来的有丁金相、张淑齐、蔡文显、韩朋等等。张罗茶饭、招待客人都是季淑的事。我从北平订制了一个烤肉的铁炙子，在青岛恐怕是独一的设备，在山坡上拾捡松枝松塔，冬日烤肉待客，皆大欢喜。我的母亲带着四弟治明也来过一次，治明特别欣赏季淑烹制的红烧牛尾。后来他生了一场匐行疹，病中得到季淑的悉心调护，痊愈始去。

胡适之先生早就有意约我到北京大学去教书，几经磋商，遂于一九三四年七月结束了我们的四年青岛之旅。临去时房屋租约未满，尚有三个月的期间，季淑认为应该如约照付这三个月的租金，房东王先生坚不肯收，争执甚久，我在旁呵呵大笑："此君子国也！"房东拗不过去，勉强收下，买了一份重礼亲到车站送行。季淑在离去之前，把房屋打扫整洁一尘不染，这以后成了我们的惯例，无论走到哪里，临去必定大事扫除。

十

我们决定回北平，父母亲很欢喜，开始准备迁居，由大取灯胡同一号迁到内务部街二十号。内务部街的房子本是我们的老家，我就是生在那个老家的西厢房，原是祖父留下的一所房子，在我十五岁的时候才从那里迁到大取灯胡同一号的新房。老家出租多年，现在收回自用。这所老房子比较大，约有房四十间，旧式的上支下摘，还有砖炕，院落较多，宜于大家庭居住。父母兴奋的不得了，把旧房整缮一新，把外院和西院划给我，并添造一间浴室。我母亲是年六十，她说："好了，现在我把家事交给季淑，我可以清闲几年了。"事实上我们还是无法使母亲完全不操心。

回到北平先在大取灯胡同落脚，然后开始迁居。"破家值万贯"，而且我们家的传统是"室无弃物"，所以百八十年下来的这一个家是无数破烂东西的总汇，搬动一下要兴师动众，要雇用大车小车以及北平所特有的"窝脖儿"的，陆陆续续的搬了一个星期才大体就绪。指挥奔走的重任落在季淑的身上，她真是黎明即起，整天前庭后院的奔走，她的眼窝下面不时的挂着大颗的汗珠，我就掏出手绢给她揩揩。

垂花门外有一棵梨树，是房客栽的，多年生长已经扑到房檐上面，把整个院子遮盖了一半，结实累累，蔚为壮观。不知道母亲听了什么人饶舌，说梨与离同音，不祥，于是下令砍伐。季淑不敢抗，眼睁睁的看着工人把树砍倒，心中为之不怿者累日。后来我劝她在原处改植别的不犯忌讳的花木，亦可略补遗憾。她立即到隆福寺街花厂选购了四棵西府海棠，因为她在青岛就有此偏爱。这四株娇艳的花木果然如所预期，很快的长大成形，翌年即繁花如簇，如火如荼，春光满院，生气盎然。同时她又买了四棵紫丁香，种在西院我的书房与卧室之间，紫丁香长得更猛，一两年间妨碍人行，非修剪不可，丁香开时香气四溢，招引蜂蝶，终日攘攘不休。前院檐下原有两畦芍药奄奄一息，季淑为之翻土施肥，冬日覆以积雪，来春新芽茁发。我的书房檐下多阴，她种了一池玉簪，抽蕊无数。

我们一家三代，大小十几口，再加上男女佣工六七人，是相当大的一个家庭。晨昏定省是不可少的礼节。每天早晨听到里院有了响动，我便拉着文蔷到里院去，到上房和东厢房分别向父母问安。文蔷是我们最小的孩子，不拉着她便根本迈不过垂花门的一尺高的门槛。文茜、文骐都跟在我的身后。文蔷还另有任务，每天把报纸送给她的祖父，祖父接过报纸总是喊她两声："小肥猪！小肥猪！"因为她小时候很胖。季淑每天早晨要负责沏盖碗茶，其间的难处是把握住时间，太早太晚都不成。每天晚上季淑还要伺候父亲一顿消夜，有时候要拖到很晚，我便躺在床上看书等她。每日两餐是大家共用的，虽有厨工专理其事，调配设计仍需季淑负责，亦大费周章。家庭琐事永远没完没结，所谓家庭生活是永无休止的修缮补苴。缝缝连连的事，会使用缝纫机的人就责无旁贷。对外的采办或交涉，当然也是能者多劳。最难堪的是于辛劳之余还不能全免于怨怼。有一回已经日上三竿，季淑督促工人捡煤球，扰及贪睡者的清眠，招致很大的不快。有人愤愤难平，季淑反倒夷然处之，她爱说的一句话是："唐张公艺九世同居，得力于百忍，我们只有三世，何事不可忍？"

家事全由季淑处理，上下翕然，我遂安心做我的工作，教书之余就是翻译写稿。我在西院南房，每到午后四时，季淑必定给我送茶一盏，我有时停下笔来拉她小坐，她总是把我推开，说："别闹，别闹，喝完茶赶快继续工作。"然后她就抽身跑了。我隔着窗子看她的背影。我的翻译工作进行顺利，晚上她常问我这一天写了多少字，我若是告诉她写了三千多字，她就一声不响的翘起她的大拇指。我译的稿子她不要看，但是她愿意知道我译的是些什么东西。所以莎士比亚的几部名剧里的故事，她都相当熟悉。有几部莎士比亚的电影片上演，我很希望她陪我去看，但是她分不开身，她总是遗憾的教我独自去看。

季淑有一个见解，她以为要小孩子走上喜爱读书的路，最好是尽早给孩子每人置备一个书桌。所以孩子开始认字，就给他设备一份桌椅。木器店里没有给小孩用的书桌，除非定制，她就买普通尺寸的成品，每人一份，放在寝室里挤得满满的。这一项开支决不可省。她告诉孩子哪一个抽屉放书哪一个抽屉放纸笔。有了适当的环境之后，不久孩子养成了习惯，而且到了念书的时候自然的各就各位。孩子们由小学至大学，从来没有任何挫折，主要的是小时候养成良好习惯。季淑做了好几年的小学教师，她的教学经验在家里发生宏大的影响。可见小学教师应是最可敬的职业之一。

我们的男孩子仅有一个,季淑嫌单薄一些,最好有两男两女。一九三五年冬,她怀有五个月的孕,一日扭身开灯,受伤流产。送往妇婴医院,她为节省,住进二等病房,夜间失血过多,而护士置若罔闻,我晨间赶去探视,已奄奄一息,医生开始惊慌,急救输血,改进头等病房并请特别护士。白天由我的岳母照料,夜晚由我陪伴。(按照医院规定,男客是不准在病房夜晚逗留的。)一个星期之后才脱险。临去时那一些不负责任的护士还奚落她说:"我们没有见过像你这样的娇太太!"从此我们就实行生育节制。

我对政治并无野心,但是对于国事不能不问。所以我办了一个周刊,以鼓吹爱国、提倡民主为原则,朋友们如谢冰心、李长之等等都常写稿给我,周作人也写过稿子。因此我对于各方面的人物常有广泛的接触。季淑看见来访的客人鱼龙混杂就为我担心。她偶尔隔着窗子窥探出入的来客,事后问我:"那个獐头鼠目的是谁?那个垂首蛇行的又是谁?他们找你做什么?"这使我提高了警觉。果然,就有某些方面的人来做说客,"愿以若干金为先生寿"。人们有一种错觉,以为凡属舆论,都是一些待价而沽的东西。我当即予以拒绝,季淑知道此事之后完全支持我的决定,她说:"我愿省吃俭用和你过一生宁静的日子,我不羡慕那些有办法的人之昂首上骧。"我隐隐然看到她的祖父之高风亮节在她身上再度发扬。

日寇侵略日益加紧，一九三七年六月二十三日蒋介石与汪兆铭联名召开庐山会议，我应邀参加，事实上没有什么商议，只是宣告国家的政策。我没有等会议结束即兼程北返，七月七日卢沟桥事变爆发，二十八日北平陷落。我和季淑商议，时势如此，决定我先只身逃离北平。我当即写下遗嘱。戎火连天，割离父母、妻子远走高飞，前途渺渺，后顾茫茫。这时候我联想到"出家"真非易事，确是将相所不能为。然而我毕竟这样做了。等到平津火车一通，我立即登上第一班车，短短一段路由清早走暮夜才到达天津。临别时季淑没有一点儿女态，她很勇敢的送我到家门口，互道珍重，相对黯然。"与子之别，思心徘徊！"

十一

和我约好在车上相见的是叶公超，相约不交一语。后米发现在车上的学界朋友有十余人之多，抵津后都住进了法租界帝国饭店。我旋即搬到罗努生、工右家的寓中，日夜收听广播的战事消息。我们利用大头针制作许多面红白小旗，墙上悬大地图，红旗代表我军，白旗代表敌军，逐日移动的插在图上。看看红旗有退无进，相与扼腕。《益世报》的经理生宝堂先生在赴意租界途中被敌兵捕去枪杀，我们知道天津不可再留，我与努生遂相偕乘船到青岛，经济南转赴南京。在济南车站遇到数以千计由烟台徒步而来的年轻学生，我的学生丁金相在车站迎晤她的逃亡朋友，无意中在三等车厢里遇见我，相见大惊，她问我："老师到哪里去？"

"到南京去。"

"去做什么？"

"赴国难，投效政府，能做什么就做什么。"

"师母呢？"

"我顾不得她，留在北平家里。"

她跑出站买了一瓶白兰地、一罐饼干送给我，汽笛一声，挥手而别，我们都滴下了泪。

南京在敌机空袭之下，人心浮动。我和努生都有报国有心、投效无门之感。我奔跑了一天，结果是教育部发给我二百元生活费和"岳阳丸"头等船票一张，要我立即前往长沙候命。我没有选择，便和努生匆匆分手，登上了我们扣捕的日本商船"岳阳丸"。叶公超、杨金甫、俞珊、张彭春都在船上相遇。伤兵、难民挤得船上甲板水泄不通，我的精神陷入极度苦痛。到长沙后我和公超住在青年会，后移入韭菜园的一栋房子，是樊逵羽先生租下的北大办事处。我们三个人是北平的大学教授南下的第一批。随后张子缨也赶来。长沙勾留了近月，无事可做，心情苦闷，大家集议醵资推我北上接取数家的眷属。我衔着使命，间道抵达青岛，搭顺天轮赴津，不幸到烟台时船上发现虎烈拉①，船泊大沽口外，日军不许进口，每日检疫一次，海上拘禁二十余日，食少衣单，狼狈不堪。登岸后投宿皇宫饭店，立即通电话给季淑，翌日她携带一包袱冬衣到津与我相会。乱离重逢，相拥而泣。翌日季淑返回北平。因樊逵羽先生正在赶来天津，我遂在津又有数日勾留。后我返平省亲，在平滞留三数月，欲举家南下而情况不许，尤其是我的岳母年事已高不堪跋涉。季淑与其老母相依为命，不可能弃置不顾，侍养之日诚恐不久，而我们夫妻好合则来日方长，于是我们决定仍是由我只身返回后方。会徐州陷落，敌伪强迫悬旗志贺，我忍无可忍，遂即日动身。适国民参政会成立，我膺选为参政员，乃专程赴香港转去汉口，从此进入四川，与季淑长期别离六年之久。

在这六年之中，我固颠沛流离、贫病交加，季淑在家侍奉公婆老母，养育孩提，主持家事，其艰苦之状乃更有甚于我者。自我离家，大姐、二姐相继去世，二姐遇人不淑，身染肺癌，乏人照料，季淑尽力相助，弥留之际仅有季淑与二姐之幼女在身边陪伴。我们的三个孩子在同仁医院播种牛痘，不幸疫苗不合规格，注射后引起天花，势甚严重，几濒于殆。尤其是文茜

---

① 指霍乱。——编者注

面部结痂作痒，季淑为防其抓破成麻，握着她的双手数夜未眠，由是体力耗损，渐感不支。维时敌伪物资渐缺，粮食供应困难，白米白面成为珍品，居恒以糠麸、花生皮屑羼入杂粮混合而成之物充饥，美其名曰"文化面"。儿辈羸瘦，呼母索食。季淑无以为应，肝肠为之寸断。她自己刻苦，但常给孩子鸡蛋佐餐，孩子久而厌之。有时蒸制丝糕（即小米粉略加白面白糖蒸成之糕饼）作为充饥之物，亦难得引起大家的食欲。此际季淑年在四十以上，可能是由于忧郁，更年期提早到来，百病丛生，以至于精神崩溃。不同情的人在一旁讪笑："我看她没有病，是爱花钱买药吃。""我看她也没有病，我看见她每饭照吃。""我看她也没有病，丝糕一吃就是两大块。"她不顾一切，乞灵于协和医院，医嘱住院，于是在院静养两星期，病势略转，此后风湿关节炎时发时愈，足不良行。孩子们长大，进入中学，学业不成问题，均尚自知奋勉不落人后，但是交友万一不慎，后果堪虞，季淑为了此事最为烦忧。抗战期间前方后方邮递无阻，我们的书信往来不断，只是互报平安，季淑在家种种苦难并不透露多少，大部分都是日后讲给我听。

我的岳母虽然年迈，健康大致尚佳。她曾表示愿意看看自己的寿材，所以我在离平之前和季淑到了棺厂订购了上好的材木一副，她自己也看了满意。一九四三年春偶然不适，好像有所预感，坚持回到程家休憩，不数日即突然病革，季淑带着孩子前去探视，知将不起，尚殷殷以我为念。她最喜爱文蔷，临终时呼至榻前，执其手而告之："文蔷，你乖乖的，听你妈妈的话。"言讫，溘然而逝。所有丧葬之事均由季淑力疾主持。她有信给我详述经过，哀毁逾恒，其中有一句话是："华，我现在已成为无母之人矣……"季淑孝顺她的母亲不是普通的孝顺，她是真实的做到了"菽水承欢"。

季淑没有和我一起到后方去，主要的是为了母亲。如今母亲既已见背，我们没有理由维持两地相思的局面。我们十年来的一点积蓄，除了投资损失之外陆续贴补家用，六年来亦已告罄，所以我就写信要她准备来川。她惟一的顾虑是她的风湿病，不知两腿是否禁得起长途跋涉。说也奇怪，她心情一旦开朗，脚步突然转健，若有神助。由北平起旱到四川不是一件容易事。季淑有一位堂弟道良，前两年经由叔辈决定过继给我的岳母做继子，他们的想法是：季淑究竟是一个女儿，嫁出的女儿泼出的水，不能成为嗣祧。道良为人极好，事季淑如胞姐，他自告奋勇，送她一半行程。一九四四年夏，季淑带着三个孩子、十一件行李，病病歪歪的，由道良搀扶着，从北平乘车南下。由徐州转陇海路到商丘，由商丘起旱到亳州，这是前后方交界之处，道良送她到此为止，以后的漫漫长途就靠她自己独闯了。所幸她的腿疾日有进步，到这时候已可勉强行走无需扶持。从亳州到漯河，由漯河到叶县，这一段的交通工具只能利用人力推车。北方话称之为"小车子",车仅一轮,由车夫一人双手把持,肩上横披一带系于车把之上。轮的两边则一边坐人,一边放行李,车夫一面前进一面摆动其躯体以维持均衡。土路崎岖,坑洼不平,轮轴吱吱作响,不但进展迟缓,且随时有翻倒之虞。车夫一面挥汗一面高唱俚歌,什么"常山赵子龙,燕人张翼德"、"有山就有水,有水就有鱼……"一路上前呼后应,在黄土飞扬之中打滚。到站打尖,日暮投宿,季淑就这样的带着三个孩子、十一件行李一天又一天的在永无止境的土路上缓缓前进。怕的是青纱帐起,呼吁无门,但邀天之幸,一路安宁,终于到达叶县。对于劳苦诚实的车夫们,季淑衷心感激,乃厚酬之。

由叶县到洛阳有公路可循,可以搭乘公共汽车,汽车是使用柴油的,走起来突突冒烟,随时随地抛锚。乘客拥挤抢座,幸赖有些流亡学生见义勇为,帮助季淑及二女争取座位,文骐不在妇孺之列,只能爬上车顶在行李堆中觅一席地。季淑怕他滚落,苦苦哀求其他车顶上的同伴赐以援手,幸而一路无事。黄土平原久旱无雨,汽车过处黄尘蔽天,到站休息时人人毛发尽黄,纷纷索水洗面。季淑在道旁小店就食,点菠菜猪肝一盘,孩子大悦,她不忍下筷,惟食余沥而已。同行的流亡学生有贫苦以至枵腹者,季淑解囊相助,事实她自己的盘川也所余无几了。

季淑一行到洛阳后稍事休息,搭上火车,精神为之一振,虽是没有窗户的铁闷车,然亦稳速畅快。惟夜间闯过潼关时熄灯急驶,犹不免遭受敌军炮轰,幸而无恙,饱受虚惊。到达西安,在菊花园口厚德福饭庄饱餐一顿并略得接济,然后搭车赴宝鸡,这是陇海路最后一站。从此便又改乘公共汽车,开始长征入川。汽车随走随停,至剑阁附近而严重抛锚,等待运送零件方能就地修复,季淑托便车带信给我,我乃奔走公路局权要之门请求救济,我生平不欲求人,至是不能不向人低首!在此期间,季淑等人食宿均成问题,赖有同行难友代为远道觅食,夜晚即露宿道旁。一夕,睡眠中忽闻哞声走于身畔,隐约见一庞形巨物,季淑大惊而呼,群起察视,原来是一只水牛。越数日汽车修复,开始蠕动,终于缓缓的爬到了青木关,再换车而抵达北碚,与我相会。

六年睽别,相见之下惊喜不可名状。长途跋涉之后,季淑稍现清癯。然而我们究竟团圆了。"今夕何夕,见此粲者!"凭了这六年的苦难,我们得到了一个结论:在丧乱之时,如果情况许可,夫妻儿女要守在一起,千万不可分离。我们受了千辛万苦,不愿别人再尝这个苦果。日后遇有机会,我们常以此义劝告我们的朋友。

我在四川一直支领参政会一份公费,虽然在国立编译馆全天工作,并不受薪。人笑我迂,我行我素,现在五口之家,子女就学，即感拮据。季淑征尘甫卸，为补充家用，接受社会部北碚儿童福利实验区之聘，任该区福利所干事。区主任为章柳泉先生。季淑的职务是办理消费合作社的事务。和她最契的同事是童启华女士（朱锦江夫人），据季淑告诉我，童先生平素不议人短长，不播弄是非，而且公私分明，一丝不苟，掌管公物储藏，虽一纸一笔之微，核发之际亦必详究用途，不稍浮滥，时常开罪于人。季淑说像这样奉公守法的人是极少见的，季淑和她交谊最洽，可惜胜利后即失去联络，但季淑时常想念到她。

第二年，即一九四五年，季淑转入迁来北碚的国立戏剧专科学校为教具组服装管理员，校长为余上沅。上沅夫妇是我们的熟人，但季淑并不因人事关系而懈怠其职务，她准时上班下班，忠于其职守。她给全校师生留下了良好的印象。

季淑于生活艰难之中在四川苦度了两年。事实上在抗战期间，无论是在陷区或后方，没有人不受到折磨的。只有少数有办法的人能够混水摸鱼。我有一位同学，历据要津，宦囊甚富，战时寓居香港，曾扬言于众："你们在后方受难，何苦来哉？一旦胜利来临，奉命接收失土、坐享其成的是我们，不是你们。"我们听了不寒而栗。这位先生于日军攻占香港时遇害，但是后来接收大员"五子登科"的怪剧确是上演了。

一九四五年八月十日季淑晚间下班时，带回了一张报纸的号外：

《嘉陵江日报》

号　　外

日本接受无条件投降

旧金山八月十日广播日本政府本日四时接受四国公告无条件投降其惟一要求是保留天皇今日吾人已获胜利已获和平

我们听到了遥远的爆竹声、鼎沸的欢呼声。

还乡的交通工具不敷，自然应该让特权阶级、豪门巨贾去优先使用，像我们所服务的闲散机构如国民参政会、国立编译馆之类，当然应该听候分配。等候了一年光景，一九四六年秋，国民参政会通知有专轮直驶南京，我们这才怀着一种复杂的心情告别四川鼓轮而下。我说心情复杂，因为抗战结束可以了却八年流亡之苦，可以回乡省视年老的爹娘，可以重新安心做自己的工作，但是家园已经破碎，待要从头整理，而国事蜩螗，不堪想象。

十二

我们在南京下榻于国立编译馆的一间办公室内，包饭搭伙，孩子们睡地板。也有人想留我在南京工作，我看气氛不对，和季淑商量还是以回到北平继续教书为宜，便借口离开南京，遄赴上海搭飞机返平。阔别八年的我，在飞机上看到了颐和园的排云殿，心都要从口里跳出来。

回到家里看见我父母都瘦了很多，一阵心酸，泣不可抑。当时三弟、五弟都在家，大姐一家也住在东院，后来五妹和妹婿一家也来了，家里显得很热闹。我们看到垂花门前的野草高与人齐，季淑便令孩子们拔草，整理庭院焕然一新。我的父亲是年七十，步履维艰，每晨自己提篮外出买烧饼、油条相当吃力，我便请准由我每日负责准备早餐。当我提了那只篮子去买烧饼的时候，肆人惊问我为何人，因为他们认识那个篮子。也许这两桩事我们做得不对，因为我们忘了《世说新语》赵母嫁女的故事："赵母嫁女，女临去，敕之曰：'慎勿为好！'女曰：'不为好，可为恶邪？'母曰：'好尚不可为，其况恶乎？'"我们率直而为之，不是有意为好。家里人口众多，遂四处分爨。

父亲关心我的工作，有一天拄着拐杖到我书室，问我翻译莎士比亚进展如何，这使我非常惭愧，因为抗战八年中我只译了一部。父亲说："无论如何，要译完它。"我就是为了他这一句话，下了决心必不负他的期望。想不到的是，于补祝他的七十整寿在承华园举行全家盛筵之后不久，有一晚我们已就寝，他突患冠状脉阻塞症，急救无效，竟于翌日晚间溘然长逝！我从四川归来，相聚才只一个月，即遭此大故！装殓时季淑出力最多，随后丧葬之事，她不作主张，只知尽力。

另一不幸事故，季淑的弟弟道良在东北军事倥偬之际受任辽宁大石桥车站站长，因坚守岗位不肯逃避以致殉职，遗下孤儿寡妇，惨绝人寰。灵柩运回北平，我陪季淑到东便门车站迎接，送往绩溪义园厝葬，我顺便向我的岳母的坟墓敬礼，凄怆之至。

这时候通货膨胀，生活困苦，我除在师大授课之外，利用寒假远到沈阳去兼课。季淑善于理家，在短绌的情形之下仍能稍有赢余。她的理论是：储蓄之法不是在开销之外把余羡收存起来，而是预先扣除应储之数然后再作支出。我们不时的到东单或东四的菜市，遇有鱼鲜辄购一尾，由季淑精心烹制献给母亲佐餐，因为这是我母亲喜食之物。我曾劝她买鱼两尾，一半自己享用，因为我知道她亦正有同嗜，而她坚持不可。她说："我们的享受，当俟来日。"她有一次在摊上看到煮熟的大块瘦肉，价格极廉，便买一小块携回，食之而甘，事后才知道那是驴肉或骡肉。我们日常用的水果是萝卜与柿子，孩子们时常望而生畏。

困苦中也要作乐。我们一家陪同赵清阁游景山，在亭子里闲坐啜茗，事后我写了一首五律送她。又有一次，我们一家和孙小孟一家游颐和园，爬上众香国，几个大人都气力不济，孩子们争先恐后的跑上了排云殿，我笑谓季淑曰："你还有上'鬼见愁'的勇气没有？"又指着玉泉山上的玉峰塔说："你还记得那个地方？"她笑而不答。风景依然，而心情不同了。到了冬天，孩子们去北海滑冰，我们便没有去观赏的兴致。想不到故都名胜，我们就这样的长久暌别，而季淑下世，重温旧梦亦永不可得！

一九四八年冬，北平风声日紧。有一天何思源来看我，我问他有何观感，他说："毫无办法。"一个有办法的人都说没有办法。不数日，炸弹丢在锡拉胡同他的住宅，炸死了他的一个女儿。学校的同事们有人得风声之先，只身前往门头沟，大多数人皇皇然。这时候，我的朋友陈可忠任广州中山大学校长，约我去教书，我便于十二月十三日带着孩子先行赴津洽购船票南下。季淑因为代我三妹出售房产手续未毕，约好翌日赴津相会。那时候卖房极为费事，房客刁钻，勒索搬家费高至房款三分之一，而且需以黄金支付，否则拒不搬出；及交付黄金，则对于黄金成色又多方挑剔。季淑奔走折冲，心力俱瘁。翌日手续办好，而平津交通中断。我在天津车站空接一场，急通电话到家，季淑毅然决然告我："急速南下，不要管我。"我遂于十二月十六日登上"湖北轮"凄然离津，途经塘沽，遭岸上士兵枪射，蜷卧统舱凡十四日始达香港。自我走后，季淑与文茜夫妇同居数日，但她立刻展开活动，决计觅求职业自力谋生，她说："沮丧没有用，要面对现实积极的活下去。"她首先去访问她的朋友范雪茵（黄国璋夫人），他们很热心，在她困难的时候伸出了援手。他们立刻把消息传到师大，校长袁敦礼先生及其他同事们都表示同情，答应设法给她觅取一份工作。三数日内消息传来，说政府派有两架飞机北来迎取一些学界人士南下，其实城外机场已陷，城内炮声隆隆，临时在城内东长安街建造机场。季淑接到紧急电话通告，谓名单中有我的名字，她可以占用我的座位，须立即到北京饭店报到，一小时内起飞云云。她没有准备，仓卒中提起一个小包袱衣物就上了飞机。出乎意料的，机上的人很少，空位很多。绝大多数的学界人昧于当前的局势，以为政局变化不会影响到教育，并且抗战八年的流离之苦谁也不想重演，所以有此种现象。有少数与学界无关的人却因人事关系混上了飞机。在南京主持派机的人是陈雪屏先生，他到机场亲自照料，凡无处可投的人被安置在一个女子学校礼堂里。季淑当晚就在那空洞洞的大房里睡了一宿。第二天她得到编译馆的王向辰先生的照料，在姚舞雁女士的床上又睡了一晚，第三天向辰送她上了火车赴沪。我的三妹、四弟都在上海，她先投奔厚德福饭店，由饭店介绍一家旅馆住下，随后她就搬到三妹家，立即买舟票赴港。我在海洋漂泊的时候她早已抵沪，而我不知道。我于十二月三十一日到香港，翌日元旦遄赴广州，正在石碑校区彷徨问路，突遇旧日北碚熟人谓我有信件存在收发室。取阅则赫然季淑由沪寄来之航信。我大喜过望，按照信中指示前往黄埔，登船阒无一人，原来船提前到达，我迟了一步，她已搭小轮驶广州。我俟回到广州，季淑也很快的找到了我的住处——文明路的平山堂。我以为我们此后难以再见，居然又庆团圆！

十三

在广州这半年，我们开始有身世飘零之感。平山堂是怎样的一个地方，我曾有一小文《平山堂记》，纯是纪实。我们住在这里，季淑要上街买菜，室中升火，提水上楼，楼下洗浣，常常累得红头涨脸。看见从东北来的师生露宿的情形，她又着实不忍，再看到山东来的学生数百人在操场上升火煮稀饭，她便拿出十元港币命孩子给送了过去。我们在穷困中兴复不浅，曾到六榕寺去玩，对于苏东坡题壁和六祖慧能的塑像印象甚深，但是那座花塔颜色俗丽而游人如织，则我们只好远远的避开。海角红楼也去饮茶过一次。住处实在没有设备，同人康清桂先生为我们订制了一张小木桌。一切简陋，而我们还请梅贻琦、陈雪屏先生来吃过一顿便饭，季淑以她的拿手馅饼飨客，时昭瀛送来一瓶白兰地，梅先生独饮半瓶而玉山颓矣。

广州中山大学外文系主任林文铮先生，好佛，他的单人宿舍是一间卧室一间佛堂，常于晚间作法会，室为之满。林先生和我一见如故，谓有夙缘，从此我得有机会观经看教，但是后来要为我"开顶"，则敬谢不敏。季淑也在此时开始对于佛教发生兴趣，她只求摄心，并不佞佛。林先生深于密宗，我贪禅悦，季淑则近净土。这时候法舫和尚在广州，有一天有朋友引他来看我，他是太虚的弟子，我游缙云山时他正是缙云寺的知客，曾有过一面之缘，他居然还没忘记。他送来一部他所著的《〈金刚经〉讲话》（附《〈心经〉讲话》），颇有深入浅出之妙。季淑捧读多遍，若有所契，后来持诵《心经》成为她的日课。人到颠沛流离的时候，很容易沉思冥想，披开尘劳世网而触及此一大事因缘。因为季淑于佛教中得到一些精神上的寄托，无形中也影响到我，我于观经之余常有疑义和她互相剖析、商讨，惜无金篦刮膜，我们终未能深入。我写有《了生死》一篇小文，便是我们的一点共同的肤浅之见，有些眼界高的人讥我谓为小乘之见，然哉，然哉！

我们每到一地，季淑对于当地的花木辄甚关心。平山堂附近的大礼堂后身有木棉十数本，高可七八丈，红花盛开，遥望如霞如锦，蔚为壮观。花败落地，訇然有声，据云落头上可以伤人。她从地上拾起一朵，瓣厚数分，蕊如编缝，赏玩久之。

此时军事情势逆转，长江天堑而竟一苇可渡！广州震动，人心皇皇。我们几个朋友经常商讨何去何从。有一位朋友说他在四川万县有房有地，吃着无虞，欢迎我们一家前去同住。有一位朋友说他决计远走高飞到甘肃兰州，以为那是边陲、世外桃源。有一位朋友忽然闷声不响，原来他是打算去香港暂时观望，徐图靠拢。这时候教育部长杭立武先生，次长吴俊升、翟桓先生，他们就在中大的大礼堂楼上办公，通知我教育部要在台湾台北设法恢复国立编译馆的机构，其现实的目的是暂时收罗一些逃亡的学界人士。我接受了这个邀请，由台湾的教育厅长陈雪屏先生为我办了入境证，便于一九四九年六月底搭乘华联轮，直驶台湾，季淑晕船，一路很苦。

十四

我临行前写信给我的朋友徐宗涑先生："请为我预订旅舍，否则只好在尊寓屋檐下暂避风雨。"他派人把我们从基隆接到台北他家里歇宿了三天，承他的夫人史永贞大夫盛情款待，季淑与我终身感激。第四天搬进德惠街一号，那是林挺生先生的一栋日式房屋，承他的厚谊，我们有了栖身之处，而且一住就是三年。这一份隆情我们只好永铭心版了。季淑曾对我说："朋友们的恩惠在我们的心上是永不泯灭的，以后纵然有机会能够报答一二，也不能磨灭我们心上的刻痕。"她说得对。

德惠街当时是相当荒僻的地方，街中心是一条死水沟，野草高与人齐，偶有汽车经过，尘土飞扬入室扑面。在榻榻米上睡觉是我们的破题儿第一遭，躺下去之后觉得天花板好高好高，季淑起身时特别感觉吃力。过了两三个月，我买来三张木床、一个圆桌、八个圆凳，前此屋内只有季淑买来的一个藤桌、四把藤椅。这是我们的全部家具，一直用了二十多年，直到离开台湾始行舍去。有一天齐如山老先生来看我，进门一眼看到室内有床，惊呼曰："吓！混上床了！"这个"混"（去声）字来得妙，"混"是混事之谓，北方土语谓在社会上闯荡赚钱谋生为"混"。有季淑陪我，我当然能混得下去！徐太太送给我们一块木板、一根擀面杖和几个瓶子，我们便请了宗涞和他的夫人来吃饺子，我擀皮，季淑包，虽然不成敬意，大家都很高兴。

附近有一家冰果店，店名曰"春风"。我们有时跛到那里吃点东西，季淑总是买冰棒一根，取其价廉。我们每去一次，我名之为"春风一度"。

有人送一只特大的来亨鸡，性极凶猛，赤冠金距，遍体洁白，我们名之为"大公"。怕它寂寞，季淑给它买来一只黑毛大母鸡，名"缩脖坛子"，为大公所不喜；后又买来一只小巧的黄花杂毛母鸡，深得大公欢心，我们名之为"小花"。小花生蛋，大公亦有时代孵。大公得食，留给小花，没有缩脖坛子的分。卵多被大公踏破，季淑乃取卵纳入纸匣，装以灯泡，不数日而壳破雏出，有时壳坚不得出，她就小心的代为剖剥，黄茸茸的小雏鸡托在掌上，讨人欢喜。雏鸡长大者不过三数只，混种特别矫健，兼有大公之白与小花之俏，我们分别名之为"老大"、"老二"、"老三"。饲鸡是一件趣事，最受欢迎的是沙丁鱼汁拌饭，再不就是残肴剩菜拌饭，而炸酱面尤妙，会像"长虫吃扁担"似的一根根的直吞下去，季淑顾而乐之。养鸡约有两年，后因迁居不便携带，乃分送友朋，大公抑郁病死，小花被贼偷走不知所终。

我们本来不拟雇用女仆，季淑愿意操劳家事，她说她亲手制作饭食给我和孩子享用，是她的一大快乐，而且劳动筋骨对她自己也有益处。编译馆事务方面的人坚持要送一位女仆来理炊事，固辞不获，于是我们家里就添了一位年方十九、籍隶新竹的丫小姐。是一位天真未凿的乡下姑娘，本地的风俗是乡下人家常把他们的女儿送到城里来做事，并不一定是为糊口，常是为了想在一个良好家庭中学习一些礼仪知识以为异日主持家务之准备。季淑对于佣工，从来没有过磨擦，凡是到我家里来工作的人都是善来善去。这位丫小姐年纪轻轻，而且我们也努力了解本地的风俗习惯，待之以礼，所以和我们相处很好。不知怎的，她一天天的消瘦下来，不思饮食，继而不时长吁短叹，终乃天天以泪洗面。季淑不能不问，她初不肯言，终于廉得其情，其中一部分仍是谎饰，但是我们大体明了她的艰难处境——她急需要钱。季淑基于同情，把她手中剩存美金三十元全部送给了她，解救她的困厄。于羞惭称谢声中，她离我们而去。

编译馆原是由杭立武部长自兼馆长，馆址由洛阳街迁到浦城街，人员增多，业务渐繁，杭先生不暇兼顾，要我代理，于是馆长一职我代理了九个多月。文书鞅掌，非我素习，而人事应付尤为困扰。接事之后，大大小小的机关首长纷纷折简邀宴，饮食征逐，虚糜公帑。有一次在宴会里，一位多年老友拍肩笑着说道："你现在是杭立武的人了！"我生平独来独往不向任何人低头，所以栖栖皇皇一至于斯，如今无端受人讥评，真乃奇耻大辱。归而向季淑怨诉，她很了解我，她说："你忘记在四川时你的一位朋友蒋子奇给你相面，说你'一身傲骨，断难仕进'？"她劝我赶快辞职。她想起她祖父的经验，为宦而廉介自持则两袖清风，为宦而贪赃枉法则所不屑为，而且仕途险恶，不如早退。她对我说："假设有一天，朋比为奸坐地分赃的机会到了，你大概可以分到大股，你接受不？受则不但自己良心所不许，而且授人以柄，以后永远被制于人；不受则同僚猜忌，惟恐被你检举，因不敢放手胡为而心生怨望，必将从此千方百计陷你于不义而后快。"她这一番话坚定了我求去的心。此时政府改组，杭先生去职，我正好让贤，于是从此脱离了编译馆，

2021.1.13 小林漫画

专任师大教职。我任事之初，从不往来的人也登门存问，而且其尊夫人也来和季淑周旋，我卸职之后则门可罗雀，其怪遂绝。芝麻大的职位也能反映出一点点的人性。

因为台大聘我去任教并且拨了一栋相当宽敞的宿舍给我，师大要挽留我也拨出一栋宿舍给我，我听从季淑的主张，决定留在师大，于是在一九五二年夏搬进了云和街十一号。这也是日式房屋，不过榻榻米改换为地板，有几块地方走上去像是踏在地毯上一般软呼呼的。房子油刷一新，碧绿的两扇大门还相当耀眼，一位早已分配到宿舍而尚无这样大门的朋友顾而叹曰："是乃豪门！"地皮不大方正，前面宽，后面窄，在堪舆家看来是犯大忌的，我们不相信这一套。前院有一棵半枯的松树，一棵头重脚轻的曼陀罗（俗名鸡蛋花），还有一棵很大很大的面包树。这一棵面包树遮盖了大半个院子，叶如巨灵之掌，可当一把蒲扇用，果实烂熟坠地，据云可磨粉做成面包。季淑喜欢这棵树，喜欢它的硕大茂盛。后院里我们种了一棵黄莺、一棵九重葛，都很快的长大。为了响应当时的号召，还在后院建设了一个简陋的防空洞，其作用是积存雨水、繁殖蚊虫。

面包树的荫凉，在夏天给我们招来了好几位朋友。孟瑶住在我们街口的一个"危楼"里，陈之藩、王节如也住在不远的地方，走过来不需要五分钟，每当晚饭后薄暮时分，这三位是我们的常客。我们没有椅子可以让客人坐，只能搬出洗衣服时用的小竹凳子和我们饭桌旁的三条腿的小圆木凳，比"班荆道故"的情形略胜一筹。来客在树下怡然就座，不嫌简慢。我们海阔天空，无所不谈。我记得孟瑶讲起她票戏的经验，眉飞色舞，节如对于北平的掌故比我知道的还多，之藩说起他小时候写春联的故事，最是精彩动人。三位都是戏迷，逼我和季淑到永乐戏院去听戏，之后谈起顾正秋女士，谈三天也谈不完。季淑每晚给我们张罗饮料，通常是香片茶，永远是又酽又烫。有时候是冷饮，如果是酸梅汤，就会勾起节如对于北平信远斋的回忆，季淑北平住家就在信远斋附近，她便补充一些有关这一家名店的故事。坐久了，季淑捧出一盘盘的糯米藕，有关糯米藕的故事我可以讲一小时，之藩听得皱眉、叹气不已，季淑指着我说："为了这几片藕，几乎把他馋死！"有时候她以冰凉的李子汤给我们解渴，抱憾的说："可惜这里没有老虎眼大酸枣，否则还要可口些。"到了夜深，往往大家不肯散，她就为我们准备消夜，有时候是新出屉的大馒头，佐以残羹剩肴。之藩怕鬼，所以临去之前我一定要讲鬼故事，不待讲完他就堵起耳朵。他不一定是真怕鬼，可能是故作怕鬼状，以便引我说鬼。我知道他不怕鬼，他也知道我知道他不怕鬼，彼此心照不宣，每晚闲聊常以鬼故事终场。事后季淑总是怪我："人家怕鬼，你为什么总是说鬼？"

季淑怕狗，比我还要怕。狗没有咬过她，可是她听说有人被疯狗咬过死时的惨状，她就不寒而栗。她出去买菜，若是遇见有狗在巷口徘徊，她就多走一段路绕道而行，有时绕几段路还是有狗，她就索性提着篮子回家，明天再买。有一次在店铺购物，从柜台后面走出一条小狗，她大惊失色。店主人说："怕什么，它还没有生牙呢。"因为狗的缘故，她就很少时候独去买菜，总是由女工陪着她去。"狗是人类的最好的朋友"，可是说来惭愧，我们根本不想和狗攀交。

我们的女工都是在婚嫁的时候才离开我们。其中有一位C小姐，在婚期之前季淑就给她张罗购买了一份日用品，包括梳洗和厨房用具。等到吉日便由我家出发，爆竹声中登上彩车而去，门口挤满了看热闹的人，有一位邻人还笑嘻嘻的对季淑说："恭喜，恭喜，令媛今天打扮得好漂亮！"事后季淑还应邀到她的新房去探视过一次，回来告诉我说，她生活清苦，斗室一间，只有一个二尺见方的木板窗。

季淑酷嗜山水，虽然步履不健，尚余勇可贾。几次约集朋友们远足，她都兴致勃勃，八卦山、观音山、金瓜石、狮头山等处都有我们的游踪。看到林木、山石、海水，她都欢喜赞叹。不过因为心脏较弱，已不善登陟。在这个时候，我发现我染有糖尿症，她则为风湿关节炎所苦，老态渐臻，无可如何。

云和街的房子有一重大缺点，地板底下每雨则经常积水，无法清除，所以总觉得室内潮气袭人，秋后尤甚，季淑称之为水牢。这对于她的风湿当然不利。一九五八年夏，文蔷赴美游学，家里顿形凄凉，我们有意改换环境。适有朋友进言，居住公家的日式房屋既不称意，何不买地自建房屋？我们心动。于是季淑天天奔走，到处看房看地，我们终于决定买下了安东街三〇九巷的一块地皮，于一九五九年一月迁入新居。

十五

我岂不知"求田问舍，怕应羞见，刘郎才气"？只因季淑病躯需要调养，故乃罄其所有，营此小筑。地皮不大，仅一百三十余坪。倩同学、友人陆云龙先生鸠工兴建，图样是我们自己打的。我们打图的计划是，房求其小，院求其大，因为两个人不需要大房，而季淑要种花木，故院需宽敞。室内设计则务求适合我们的需要。她不喜欢我独自幽闭在一间书斋之内，她不愿扰我工作，但亦不愿与我终日隔离，她要随时能看见我。于是我们有一奇怪的设计，一联三间房，一间寝室，一间书房，中间一间起居室，拉门两套虽设而常开。我在书房工作，抬头即可看见季淑在起居室内闲坐，有时我晚间工作，亦可看见她在床上躺着。这一设计满足了我们的相互的愿望。季淑坐在中间的起居室，我曾笑她像是蜘蛛网上的一只雌蜘蛛，盘据网的中央，窥察四方的一切动静，照顾全家所有的需要，不愧为名副其实的一家之主。

不出半年，新屋落成。金圣叹《三十三不亦快哉》，其中之一是："本不欲造屋，偶得闲钱，试造一屋，自此日为始，需木，需石，需瓦，需砖，需灰，需钉，无晨无夕，不来聒于两耳。乃至罗雀掘鼠，无非为屋校计，而又都不得屋住，既已安之如命矣。忽然一日屋竟落成，刷墙扫地，糊窗挂画；一切匠作出门毕去，同人乃来分榻列坐，不亦快哉！"我们之快哉则有甚于此者。一切委托工程师，无应付工人之烦，一切早有预算，无临时罗掘之必要。惟一遗憾的是房屋造得太结实，比主人的身体要结实得多，十三年来没漏过雨水，地板没塌陷过一块，后来拆除的时候很费手脚。落成之后，好心朋友代我们做了庭园的布置，草皮花木应有尽有。季淑携来一粒面包树的种子，栽在前院角上，居然茁长甚速，虽经台风几番摧毁，由于照管得法，长成大树，因为是她所手植，我特别喜爱它。

云和街的房子空出来之后，候补迁入的人很多，季淑坚决主张不可私相授受，历年修缮增建所耗亦无需计较索偿，所以我无任何条件，于搬出之日将钥匙送归学校，手续清楚。季淑则着手打扫清洁，不使继居者感到不便。我们临去时对那棵大面包树频频回顾，不胜依依。后来路经附近一带，我们也常特为绕道来此看看这棵树的雄姿是否无恙。

住到新房里不久,季淑患匐行疹(俗名转腰龙),腰上生一连串的小疱,是神经末梢的发炎,原因不明,不外是过滤性病毒所致,西医没有方法治疗,只能镇定剧痛的感觉。除了照料她的饮食之外,我爱莫能助。有一位朋友来探病,把我拉到一边告诉我说:"此病不可轻视,等到腰上的一条龙合围一周,人就不行了。"又有一位朋友笑嘻嘻的四下打量着说:"有这样的房子住,就是生病也是幸福。"这病拖延十日左右,最后有朋友介绍南昌街一位中医华佗氏,用他密制的药粉和以捣碎的瓮菜泥敷在患处,果然见效,一天天的好起来了。介绍华佗氏的这位朋友也为我的糖尿症推荐一个偏方:用玉蜀黍的须子熬水大量饮用。我试了好多天,无法证明其为有效。

说起糖尿症,我连累季淑不少。饮食无度,运动太少,为致病之由。她引咎自责,认为她所调配的食物不当,于是她就悉心改变我的饮食,其实医云这是老年性的糖尿症,并不严重。文蔷寄来一册《糖尿症手册》,深入浅出,十分有用,我细看不止一遍,还借给别人参阅。糖是不给我吃了,碳水化合物也减少到最低限度,本来炸酱面至少要吃两大碗,如今改为一大碗,而其中三分之二是黄瓜丝绿豆芽,面条只有十根八根埋在下面。一顿饭以两片面包为限,要我大量的吃黄瓜拌粉。动物性脂肪几乎绝迹,改用红花子油。她常感慨的说:"有一些所谓

'职业妇女'者，常讥笑家庭主妇的职业是在厨房里，其实我在厨房里的工作也还没有做好。"事实上，她做得太好了。自来台以后，我不太喜欢酒食应酬，有时避免开罪于人非敬陪末座不可，季淑就为我特制三文治一个，放在衣袋里，等别人"式燕以敖"的时候，我就取出三文治，道一声"告罪"，徐徐啮而食之。这虽令人败兴，但久之朋友们也就很少约我赴宴。在这样的饮食控制之下，我的糖尿症没有恶化，直到如今我遵照季淑给我配制的食谱，维持我的体重。

我们不喜欢赌，赌具却有一副，那是我在北平买的一副旧的麻将牌。季淑家居烦闷，三五友好就常聚在一起消磨时间，赌注小到不能再小，八圈散场，卫生之至。夫妻同时上桌乃赌家大忌，所以我只扮演"牌僮"，一旁伺候，时而茶水，时而点心，忙得团团转。赌，不开始则已，一开始赌注必定越来越大，圈数必定越来越多，牌友必定越来越杂；同时这种游戏对于关节炎患者并不适宜。有一天季淑突然对我宣告："我从今天戒赌。"真的，从那一天起，真个不再打牌，以后连赌具也送人了，一张特制的桌面可以折角的牌桌也送人了，关于麻将之事，从此提都不提，我说不妨偶一为之，她也不肯。

对于花木，她的兴复不浅。后院墙角搭起一个八尺见方的竹棚（警察认为是违章建筑，但结果未被拆除），里面养了几十盆洋兰和素心兰。她最爱的是素心兰，严格讲应该是蕙，姿态可以入画，一缕幽香不时的袭人，花开时搬到室内，满室郁然。友人从山中送来一株灵芝，插入盆内，成为高雅的清供。竹棚上的玻璃被邻街的恶童一块块的击毁，不复能蔽风雨，她索性把兰花一盆盆的吊在前院一棵巨大的夹竹桃下，勉强有点阴凉，只是遇到连绵的雨水或酷寒的天气，便需一盆盆的搬进室内，有时半夜起来抢救，实在辛劳。玫瑰也是她所欣喜的，我们也有一些友人赠送的比较贵重的品种，遇有大风雨，她便用塑料袋把花苞一个个的包起来，使不受损。终以阳光太烈、土壤不肥，虽施专门的花肥，仍不能培护得宜。她常说："我们的兰花，不能和胡伟克先生家的相比，我们的玫瑰，不能和张棋祥先生的相比，但是我亲手培养的就格外亲切可爱。"可惜她力不从心，不大能弯腰，亦不便蹲下，园艺之事不能尽兴。院里有含笑一株，英文叫 banana shrub，因花香略带甜味近似香蕉，是我国南方有名的花木。有一天，师大送公教配给的工友来了，他在门外就闻到了含笑的香气，他乞求摘下几朵，问他作何用途，他惨然说："我的母亲最爱此花，最近她逝世了，我想讨几朵献在她的灵前。"季淑大受感动，为之涕下，以后他每次来，不等他开口，只要枝上有花，必定摘下一盘给他。

　　季淑爱花草，不分贵贱，一视同仁。有一次在阳明山上的石隙中间看见一株小草，叶子像是竹叶，但不是竹，葱绿而挺俏，她试一抽取，连根拔出，遂小心翼翼的裹以手帕带回家里，栽在盆中灌水施肥，居然成一盆景。我作出要给她拔掉之状，她就大叫。

房檐下遮窗的雨棚，有几个铁钩子，是工程师好意安装的。季淑说："这是天造地设，应该挂几个鸟笼。"于是我们买了三四个鸟笼，先是养起两只金丝雀。喂小米，喂菜心，喂红萝卜，鸟儿就是不大肯唱。后来请教高人，才知道一雌一雄不该放在一起，要隔离之后雄的才肯引吭高歌。（不独鸟类如此，人亦何尝不然？能接吻的嘴是不想歌唱的）我们试验之后，果然，但是总觉得这样摆布未免残忍。后来又养一种小鹦鹉，又名爱鸟，宽大的喙，整天咕咕的亲嘴。听说这种鹦鹉容易传染一种热病。我们开笼放生，不久又都飞回来，因为笼里有食物，宁可回到笼里来。之后，又养了一只画眉，这是一种雄壮的野鸟，怕光怕人，需要被人提着笼摇摇晃晃的早晨出去溜达。叫的声音可真好听，高亢而清脆，声达一二十丈以外。我们没有工夫遛它，有一天它以头撞笼流血而死。从此我们也就不再养鸟。在大自然的环境中，每见小鸟在枝头跳跃，季淑就驻足而观，喜不自禁。她喜爱鸟的轻盈的体态。

一九八〇年七月，我参加"中美文化关系讨论会"赴美国西雅图，顺便到伊利诺州看新婚后的文蔷，这是我来台后第一次和季淑作短期的别离，约二十日。我的心情就和三十多年前在美国作学生的时代一样，总是记挂着她。事毕我匆匆回来，她盛装到机场接我,"铅华不可弃,莫是藁砧归?"她穿的是自己缝制的一件西装,鞋子也是新的。她已许久不穿旗袍,因为腰窄领硬很不舒服,西装比较洒脱,领胸可以开得低低的。她算计着我的归期,花两天的时间就缝好了一件新衣,花样、式样我认为都无懈可击。我在汽车里就告诉她:"我喜欢你的装束。"小别重逢,"其新孔嘉,其旧如之何?"

一九六三年十二月十八日,有独行盗侵入寒家,持枪勒索,时季淑正在厨房预备午膳。文蔷甫自美国返来省亲,季淑特赴市场购得黄鳝数尾,拟做生炒鳝丝,方下油锅翻炒,闻警急奔入室,见盗正在以枪对我作欲射状。她从容不迫,告之曰:"你有何要求,尽管直说,我们会答应你的。"盗色稍霁。这时候门铃声大作,盗惶恐以为缇骑到门,扬言杀人同归于尽。季淑徐谓之曰:"你们二位坐下谈谈,我去应门,无论是谁,吾不准其入门。"盗果就坐,取钱之后犹嫌不足,夺我手表,复迫季淑交出首饰,她有首饰盒二,其一尽系廉价赝品,立取以应,盗匆匆抓取一把珠项链等物而去。当天夜晚,盗即就逮,于一月三日伏法。此次事件端赖季淑临危不乱,镇定应付,使我得以幸免于祸灾。未定谳前,季淑复力求警宪从轻发落,声泪俱下。碍于国法,终处极刑,我们为之痛心者累日。季淑的镇定的性格,得自母氏,我的岳母之沉着稳重,有非常人所能及者。

那盘生炒鳝丝,我们无心享受。事实上若非文蔷远路归宁,季淑亦决不烹此异味,因为宰割鳝鱼厥状至惨,她雅不欲亲见杀生以恣口腹之欲。我们两人在外就膳,最喜"素菜之家",清心寡欲,心安理得。她常说:"自奉欲俭,待人不可不丰。"我有时邀约友好到家小聚,季淑总是欣然筹划,亲自下厨,她说她喜欢为人服务。最熟的三五朋友偶然来家午膳,季淑常以馅饼飨客,包制馅饼之法她得到母亲的真传,皮薄而匀,不干不破,客人无不击赏,他们因自号为"馅饼小姐"。有一回一位朋友食季淑亲制之葱油饼,松软而酥脆,不禁翘起拇指,赞曰:"江南第一!"

季淑以主持中馈为荣,我亦以陪她商略膳食为乐。买菜之事很少委之佣人,尤其是我退休以后空闲较多,她每隔两日提篮上市,我必与俱。她提竹篮,我携皮包,缓步而行,绕市一匝,满载而归。市廛摊贩几乎无人不识这一对皤皤老者,因为我们举目四望很难发现再有这样一对。回到家里,倾筐倒箧,堆满桌上,然后我们就对面而坐,剥豌豆,掐豆芽,劈菜心……差不多一小时,一面手不停挥,一面闲话家常。随后我就去做我的工作,等到一声"吃饭"我便坐享其成。十二时午饭,六时晚饭,准时用餐,往往是分秒不爽,多少年来总是如此。

帮我们做工的W小姐,做了五年之后于归,我们舍不得她去,季淑为她置备一些用品,又送她一架缝纫机,由我们家里登上彩车而去。以后她还常来探视我们。

我的生日在腊八那一天,所以不容易忘过。天还未明,我的耳边就有她的声音:"腊七腊八儿,冻死寒鸦儿,我的寒鸦儿冻死了没有?"我要她多睡一会儿,她不肯,匆匆爬起来就往厨房跑,去熬一大锅腊八粥。等我起身,热呼呼的一碗粥已经端到我的跟前。这一锅粥,她事前要准备好几天,跑几趟街才能勉强办齐基本的几样粥果,核桃要剥皮,瓜子也要去皮,红枣要刷洗,白果要去壳——好费手脚。我劝她免去这个旧俗,她说:"不,一年只此一遭,我要给你做。"她年年不忘,直到来了美国最后两年,格于环境,她才抱憾的罢手。头一年腊八,她在我的纪念册上画了一幅兰花,第二年腊八,将近甲寅,她为我写了一个"一笔虎",缀以这样的几个字:

华:明年是你的本命年,
我写一笔虎,
祝你寿绵绵,
我不要你风生虎啸,
我愿你老来无事饱加餐。

季淑

"无事"、"加餐",谈何容易!我但愿能不辜负她的愿望。

有一天我们闲步，巷口邻家的一个小女孩立在门口，用她的小指头指着季淑说："你老啦，你的头发都白啦。"童言无忌，相与一笑。回家之后季淑就说："我想去染头发。"我说："千万不要。我爱你的本色。头白不白，没有关系，不过我们是已经到了偕老的阶段。"从这天起，我开始考虑退休的问题。我需要更多的时间享受我的家庭生活，也需要更多的时间译完我久已应该完成的《莎士比亚全集》，在季淑充分谅解与支持之下，我于一九六六年夏奉准退休，结束了我在教育界四十年的服务。

八月十四日师大英语系及英语研究所同人邀宴我们夫妇于欣欣餐厅，出席者六十人，我们很兴奋也很感慨。我们于二十四日设宴于北投金门饭店答谢同人，并游野柳。退休之后，我们无忧无虑到处闲游了几天。最近的地方是阳明山，我们寻幽探胜，专找那些没有游人肯去的地方。我有午睡习惯，饭后至旅舍辟室休息，携手走出的时候旅舍主人往往投以奇异的眼光，好像是不大明白这样一对老人到这里来是搞什么勾当。有一天季淑说："青草湖好不好？"我说："管他好不好！去！"一所破庙，一塘泥水，但是也有一点野趣，我们的兴致很高。更有时，季淑备了卤菜，我们到荣星花园去野餐，也能度过一个愉快的半天。

我没有忘记翻译莎氏戏剧，我伏在案头辄不知时刻，季淑不时的喊我："起来！起来！陪我到院里走走。"她是要我休息。

于是相偕出门赏玩她手栽的一草一木。我翻译莎氏，没有什么报酬可言，穷年累月，兀兀不休，其间也很少得到鼓励，漫漫长途中陪伴我、体贴我的只有季淑一人。最后三十七种剧本译竟，由远东图书公司出版，一九六七年八月六日，承朋友们的厚爱，以"中国文艺协会"、"中国青年写作协会"、"台湾省妇女写作协会"、"中国语文学会"的名义发起在台北举行庆祝会。到会者约三百人，主其事者是刘白如、赵友培、王蓝等几位先生。有两位女士代表献花给我们夫妇，我对季淑说："好像我们又在结婚似的。"是日《中华日报》有一段报导，说我是"三喜临门"："一喜，三十七本莎翁戏剧出版了，这是台湾省的第一部由一个人译成的全集；二喜，梁实秋和他的老伴结婚四十周年；三喜，他的爱女梁文蔷带着丈夫邱士燿和两个宝宝由美国回来看公公。"三喜临门固然使我高兴，最能使我感动的另有两件事：一是谢冰莹先生在庆祝会中致词，大声疾呼："《莎氏全集》的翻译完成，应该一半归功于梁夫人！"一是《世界画刊》的社长张自英先生在我书房壁上看见季淑的照片，便要求取去制版，刊在他的第三百二十三期画报上，并加注明："这是梁夫人程季淑女士——在四十二年前——年轻时的玉照，大家认为梁先生的成就，一半应该归功于他的夫人。"他们二位异口同声说出了一个妻子对于她的丈夫之重要。她容忍我这么多年做这样没有急功近利可图的工作，而且给我制造身心愉快的环境，使我能安心的专于其事。

文蔷、士燿和两个孩子在台住了一年零九个月，给了我们很大的安慰，可是他们终于去了，又使我们惘然。我用了一年的工夫译了莎士比亚的三部诗，全集四十册算是名副其实的完成了，从此与莎士比亚暂时告别。一九六八年春天，我重读近人一篇短篇小说，题名是《迟些聊胜于无》(*Better Late Than Never*)，描述一个老人退休后领了一笔钱带着他的老妻补作蜜月旅行，甚为动人，我曾把它收入我编的高中英语教科书，如今想想这也正是我现在应该做的事。我向季淑提议到美国去游历一番，探视文蔷一家，顺便补偿我们当初结婚后没有能享受的蜜月旅行。她起初不肯，我就引述那篇小说里的一句话："什么，一个新娘子拒绝和她的丈夫做蜜月旅行！"她这才没有话说。我们于一九七〇年四月二十一日飞往美国，度我们的蜜月，不是一个月，是约四个月，于八月十九日返回台北，这是我们的一个豪华的扩大的迟来的蜜月旅行，途中经过俱见我所写的一个小册《西雅图杂记》。

十六

我们匆匆回到台北，因为帮我们做家务的C小姐即将结婚，她在我们家里工作已经七年，平素忠于职守，约定等我们回来她再成婚，所以我们的蜜月不能耽误人家的好事。季淑从美国给她带来一件大衣，她出嫁时赠送她一架电视机及家中一些旧的家具之类。我们去吃了喜酒，她的父母对我们说了一些话，我一句也听不懂，季淑听懂了其中一部分：都是乡村人所能说出的简单而诚挚的话。我已多年不赴喜宴，最多是观礼申贺，但是这一次是例外，直到筵散才去。我们两年后离开台北，登车而去的时候，她赶来送行，我看见她站在我们家门口落下了泪。

我有凌晨外出散步的习惯，季淑怕我受寒，尤其是隆冬的时候，她给我缝制一条丝绵裤，裤脚处钉一副飘带，绑扎起来密不透风，又轻又暖。像这样的裤子，我想在台湾恐怕只此一条。她又给我做了一件丝绵长袍，在冬装中这是最舒适的衣服。第一件穿脏了不便拆洗，她索性再做一件。做丝绵袍不是简单的事，台湾的裁缝匠已经很少人会做。季淑做起来也很费事，买衣料和丝绵，一张张的翻丝绵，做丝绵套，剪裁衣料，绷线，抹浆糊，撩边，钉纽扣，这一连串工作不用一个月也要用二十天才能竣事，而且家里没有宽大的台面，只能拉开餐桌的桌面凑合着用，佝着腰，再加上她的老花眼，实在是过于辛苦。我说我愿放弃这一奢侈享受，她说："你忘记了？你的狐皮袄我都给你做了，丝绵袍算得了什么？"新做的一件，只在阴历年穿一两天，至今留在身边没舍得穿。

说到阴历年，在台湾可真是热闹，也许是大家心情苦闷怀念旧俗吧，不知为什么有那么多的人竞相拜年。季淑是永远不肯慢待嘉宾的，起先是大清早就备好的莲子汤、茶叶蛋以及糖果之类，后来看到来宾最欣赏的是舶来品，她就索性全以舶来品待客。客人可以成群结队的来，走时往往是单人独个的走，我们双双的恭送到大门口，一天下来精疲力竭。但是她没有怨言，她感谢客人的光临。我的老家，自一九一二年起，就取消了"过年"的一切仪式。到台湾后季淑就说："别的不提，祖先是不能不祭的。"我觉得她说得对。一个人怎能不慎终追远呢？每逢过年，她必定治办酒肴，燃烛焚香，祭奠我的列祖列宗。她因为腿脚关节不灵，跪拜下去就站不起来，我在旁拉扯她一把。我建议给我的岳母也立一个灵位，我愿一同拜祭，略尽一点孝意，她说不可，另外焚一些冥镪便是。我陪同她折锡箔，我给她写纸包袱，由她去焚送。她知道这一切都是无裨实际的形式，但是她说："除此以外，我们对于已经弃养的父母还能做些什么呢？"

一般人主持家计，应该是量入为出，季淑说："到了衣食无缺的地步之后，便不该是'量入为出'，应该是'量入为储'，因为你不知道什么时候你将有不时之需。"有人批评我们说："你们府上每月收入多少，与你们的生活水准似乎无关。"是的，季淑根本不热心于提高日常的生活水准。东西不破，不换新的。一根绳，一张纸，不轻抛弃。院里树木砍下的枝叶，晒干了之后留在冬季烧壁炉。鼓励消费之说与分期付款的制度，她是听不入耳的。可是在另一方面，她很豪爽，她常说"贫家富路"，外出旅行的时候决不吝啬；过年送出去的红包，从不缺少；亲戚子弟读书而膏火不继，朋友出国而资斧不足，她都欣然接济。我告诉她我有一位朋友遭遇不幸急需巨款，她没有犹豫就主张把我们几年的储蓄举以相赠，而且事后她没有向任何人提起。

俗语说："女主内，男主外。"我的家则无论内外，一向由季淑兼顾。后来我觉察她的体力渐不如往昔的健旺，我便尽力减少在家里宴客的次数，我不要她在厨房里劳累，同时她外出办事我也尽可能的和她偕行。果然，有一天，在南昌街合会，她从沙发上起立，突然倒在地上，到沈彦大夫诊所查验，血压高至二百四十几度，立即在该诊所楼上病房卧下，住了十天才回家。病房的伙食只是大碗面、大碗饭，并不考虑病人的需要，我每天上午去看她，送一瓶鲜橘汁，这是多少年来我亲手每天为她预备的早餐的一部分，再送一些她所喜欢的食物，到下午我就回家。这十天我很寂寞，但是她在病房里更惦记我。高血压是要长期服药休养的，我买了一个血压计，我耳聋听不到声音，她自己试量。悉心调养之下，她的情况渐趋好转，但是任何激烈的动作均行避免。

自从季淑患高血压，文蔷就企盼我们能到美国去居住，她就近可以照料。一九七二年国际情势急剧变化，她便更为着急。我们终于下了决心，卖掉房子，结束这个经营了多年的破家，迁移到美国去。但是卖房子结束破家，这一连串的行动牵涉很广，要奔走，要费唇舌，要与市侩为伍，要走官厅门路，这一份苦难我们两个互相扶持的承受了下来。于五月二十六日我们到了美国。

十七

美国不是一个适于老年人居住的地方。一棵大树，从土里挖出来，移植到另外一个地方去，都不容易活，何况人？人在本乡本土的文化里根深蒂固，一挖起来总要伤根，到了异乡异地水土不服自是意料中事。季淑肯到美国来，还不是为了我？

西雅图地方好，旧地重游，当然兴奋。季淑看到了她两年前买的一棵山杜鹃已长大了不少，心里很欢喜。有人怨此地气候潮湿，我们从台湾来的人只觉得其空气异常干燥舒适。她来此后风湿性关节炎没有严重的复发过，我们私心窃喜。每逢周末，士燿驾车，全家出外郊游，她的兴致总是很高，咸水公园捞海带，植物园池塘饲鸭，摩基提欧轮渡码头喂海鸥，奥林匹亚啤酒厂参观酿造，斯诺夸密观瀑，义勇军公园温室赏花，布欧尔农庄摘豆，她常常乐而忘疲。从前去过加拿大维多利亚拔卓特花园，那里的球茎秋海棠如云似锦，她常念念不忘。但是她仍不能不怀念安东街寓所她手植的那棵面包树，那棵树依然无恙。我在一九七三年一月十一日（壬子腊八）戏填一首俚词给她看：

　　恼煞无端天末去。
　　几度风狂，不道岁云暮。
　　莫叹旧居无觅处，
　　犹存墙角面包树。

　　目断长空迷津渡。
　　泪眼倚楼，楼外青无数。
　　往事如烟如柳絮，
　　相思便是春常驻。

　　事实上她从来不对任何人有任何怨诉，只是有的时候对我掩不住她的一缕乡愁。
　　在百无聊赖的时候季淑就织毛线。她的视神经萎缩，不能多阅读，织毛线可以不太耗目力。在织了好多件成品之后，她要给我织一件毛衣，我怕她太劳累，宁愿继续穿那一件旧的深红色的毛衣，那也是她给我织的，不过是四十几年前的事了。我开始穿那红毛衣的时候，杨金甫还笑我是"暗藏春色"。如今这红毛衣已经磨得光平，没有一点毛。有一天她得便买了毛线回来，天蓝色的，十分美观，没有用多少工夫就织成了，上身一试，服服帖帖。她说："我给你织这一件，要你再穿四十年。"

岁月不饶人，我们两个都垂垂老矣。有一天，她抚摩着我的头发，说："你的头发现在又细又软，你可记得从前有一阵你不愿进理发馆，我给你理发，你的头发又多又粗，硬得像是板刷，一剪子下去，头发渣迸得满处都是。"她这几句话引我想起英国诗人彭士（Robert Burns）的一首小诗：

John Anderson My Jo

John Anderson my jo, John,
　　When we were first acquent,
Your locks were like the raven,
　　Your bonie brow was brent;
But now your brow is beld, John,
　　Your locks are like the snow,
But blessings on your frosty pow,
　　John Anderson my jo!

John Anderson my Jo, John,
　　We climb the hill thegither,
And monie a cantie day, John,
　　We've had wi'ane anither:
Now we maun totter down, John,
　　And hand in hand we'll go,
And sleep thegither at the foot,
　　John Anderson my jo!

约翰·安德森，我的心肝

约翰·安德森，我的心肝，约翰，
　　想当初我们俩刚刚相识的时候，
你的头发黑的像是乌鸦一般，
　　你的美丽的前额光光溜溜；
但是如今你的头秃了，约翰，
　　你的头发白得像雪一般，
但愿上天降福在你的白头上面，
　　约翰·安德森，我的心肝！

约翰·安德森，我的心肝，约翰，
　　我们俩一同爬上山去，

很多快乐的日子，约翰，

 我们是在一起过的：

如今我们必须蹒跚的下去，约翰，

 我们要手拉着手的走下山去，

在山脚下长眠在一起，

 约翰·安德森，我的心肝！

我们两个很爱这首诗，因为我们深深理会其中深挚的情感与哀伤的意味。我们就是正在"手拉着手的走下山"。我们在一起低吟这首诗不知有多少遍！

季淑怵上楼梯，但是餐后回到室内须要登楼，她就四肢着地的爬上去。她常穿一件黑毛绒线的上衣，宽宽大大的，毛毛茸茸的，在爬楼的时候我常戏言："黑熊，爬上去！"她不以为忤，掉转头来对我吼一声，做咬人状。可是进入室内，她就倒在我的怀内，我感觉到她的心脏扑通扑通的跳。

我们不讳言死，相反的，还常谈论到这件事。季淑说："我们已经偕老，没有遗憾，但愿有一天我们能够口里喊着'一、二、三'，然后一起同时死去。"这是太大的奢望，恐怕总要有个先后。先死者幸福，后死者苦痛。她说她愿先死，我说我愿先死。可是略加思索，我就改变主张，我说："那后死者的苦痛还是让我来承当吧！"她谆谆的叮嘱我说，万一她先我而死，我须要怎样的照顾我自己，诸如工作的时间不要太长，补充的药物不要间断，散步必须持之以恒，甜食不可贪恋——没有一项琐节她不曾想到。

我想手拉着手的走下山也许尚有一段路程。申请长久居留的手续已经办了一年多，总有一天会得到结果，我们将双双的回到本国的土地上去走一遭。再过两年多，便是我们结婚五十周年，在可能范围内要庆祝一番，我们私下里不知商量出多少个计划。谁知道这两个期望都落了空！

四月三十日那个不祥的日子！命运突然攫去了她的生命！上午十点半我们手拉着手到附近市场去买一些午餐的食物，市场门前一个梯子忽然倒下，正好击中了她。送医院急救，手术后未能醒来，遂与世长辞。在进入手术室之前的最后一刻，她重复的对我说："华，你不要着急！华，你不要着急！"这是她最后对我说的一句话，她直到最后还是不放心我，她没有顾虑到她自己的安危。到了手术室门口，医师要我告诉她，请她不要紧张，最好是笑一下，医师也就可以轻松的执行他的手术。她真的笑了，这是我在她生时最后看到的她的笑容！她在极痛苦的时候，还是应人之请作出了一个笑容！她一生茹苦含辛，不愿使任何别人难过。

我说这是命运，因为我想不出别的任何理由可以解释。我问天，天不语。哈代（Thomas Hardy）有一首诗《二者的辐合》

（*The Convergence of the Twain*），写一九一二年四月十五日豪华邮轮"铁达尼"号在大西洋上做处女航，和一座海上漂流的大冰山相撞，死亡在一千五百人以上。在时间上、空间上配合得那样巧，以至造成那样的大悲剧。季淑遭遇的意外，亦正与此仿佛，不是命运是什么？人世间时常没有公道，没有报应，只是命运，盲目的命运！我像一棵树，突然一声霹雳，电火殛毁了半劈的树干，还剩下半株，有枝有叶，还活着，但是生意尽矣。两个人手拉着手的走下山，一个突然倒下去，另一个只好踉踉跄跄的独自继续他的旅程！

　　本文曾引录潘岳的《悼亡诗》，其中有一句"上惭东门吴"。东门吴是人名，复姓东门，春秋魏人。《列子·力命》："魏人有东门吴者，其子死而不忧，其相室曰：'公之爱子，天下无有，今子死，不忧何也？'东门吴曰：'吾常无子，无子之时不忧；今子死，乃与向无子同，臣奚忧焉？'"这个说法是很勉强的。我现在茕然一鳏，其心情并不同于当初独身未娶时。多少朋友劝我节哀顺变，变故之来，无可奈何，只能顺承，而哀从中来，如何能节？我希望人死之后尚有鬼魂，夜眠闻声惊醒，以为亡魂归来，而竟无灵异。白昼萦想，不能去怀，希望梦寐之中或可相觐，而竟不来入梦！环顾室中，其物犹故，其人不存。元微之《悼亡诗》有句："惟将终夜常开眼，报答平生未展眉！"我固不仅是终夜常开眼也。

季淑逝后之翌日，得此间移民局通知前去检验体格，然后领取证书；又逾数十日得大陆子女消息。我只能到她的坟墓去涕泣以告。六月三日师大英语系同仁在台北善导寺设奠追悼，吊者二百余人，我不能亲去一恸，乃请陈秀英女士代我答礼，又信笔写一对联寄去，文曰："形影不离，五十年来成梦幻；音容宛在，八千里外吊亡魂。"是日我亦持诵《金刚经》一遍，口诵"一切有为法，如梦、幻、泡、影，如露亦如电，应作如是观"，而我心有驻，不能免于实执。五十余年来，季淑以其全部精力、情感奉献给我，我能何以为报？秦嘉《赠妇诗》：

　　诗人感木瓜，乃欲答瑶琼。
　　愧彼赠我厚，惭此往物轻。
　　虽知未足报，贵用叙我情。

缅怀既往，聊当一哭！衷心伤悲，掷笔三叹！

一九七四年八月二十九日于美国西雅图

愛才是人生的行囊
其餘都是包袱

图书在版编目（CIP）数据

生活温柔，万物皆浪漫 / 梁实秋著 . — 成都：
天地出版社，2022.1
　ISBN 978-7-5455-6567-6

　Ⅰ.①生… Ⅱ.①梁… Ⅲ.①散文集—中国—现代
Ⅳ.①I266

中国版本图书馆CIP数据核字（2021）第190350号

SHENGHUO WENROU, WANWU JIE LANGMAN
生活温柔，万物皆浪漫

出 品 人	陈小雨　杨　政
作　 者	梁实秋
责任编辑	王继娟
封面设计	王媚设计工作室
责任印制	董建臣

出版发行	天地出版社
	（成都市锦江区三色路238号　邮政编码：610023）
	（北京市方庄芳群园3区3号　邮政编码：100078）
网　　址	http://www.tiandiph.com
电子邮箱	tianditg@163.com
经　　销	新华文轩出版传媒股份有限公司

印　　刷	天津融正印刷有限公司
版　　次	2022年1月第1版
印　　次	2022年6月第5次印刷
开　　本	880mm×1230mm　1/32
印　　张	8.75
字　　数	167千字
定　　价	58.00元
书　　号	ISBN 978-7-5455-6567-6

版权所有◆违者必究

咨询电话：（028）86361282（总编室）
购书热线：（010）67693207（营销中心）

如有印装错误，请与本社联系调换